Czech

Short Stories

And Texts For Beginners

August 2023

librenhaus.com

Content

1. Úvod

Ahoj všichni! Jmenuji se Carmen a jsem 24letá učitelka z Albacete ve Španělsku. Vždycky jsem ráda pracovala s dětmi a pomáhala jim učit se a rozvíjet. Po dokončení vysoké školy jsem začala učit angličtinu na místní základní škole. Svou práci miluji a nacházím velké uspokojení v tom, že pomáhám svým žákům uspět. Ve volném čase ráda čtu, tančím a trávím čas s rodinou a přáteli. Jsem také zapálená pro otázky sociální spravedlnosti a dobrovolně pomáhám uprchlíkům a přistěhovalcům ve své komunitě.

Jmenuji se Marco a jsem 30letý šéfkuchař z italského Bergama. Vždycky jsem byl vášnivý kuchař a rád jsem vytvářel chutné a inovativní pokrmy. Po absolvování kulinářské školy jsem pracoval v nejlepších restauracích v Římě. Nyní jsem šéfkuchařem ve své vlastní restauraci, kde podávám autentickou italskou kuchyni s moderním nádechem. Ve volném čase rád cestuji a objevuji nové kuchyně. Jsem také velkým fanouškem fotbalu a italských filmů.

Jmenuji se Lena, je mi 23 let a pocházím z Bielefeldu. Pracuji jako zástupce zákaznického servisu. Kromě práce velmi ráda trávím čas se svými přáteli a rodinou. Rádi poznáváme město, zkoušíme nové restaurace a navštěvujeme koncerty a sportovní akce. Jsem také vášnivou cestovatelkou a měla jsem možnost navštívit mnoho zemí po celém světě. V říjnu se chystám navštívit Oktoberfest, světoznámý festival v Mnichově. Těším se, že poznám bavorskou kulturu, vychutnám si tradiční jídlo a nápoje a budu slavit s lidmi z celého světa.

Ahoj! Jmenuji se Maria a jsem 25letá softwarová inženýrka z Porto Alegre v Brazílii. Vždycky mě bavily technologie a ráda je používám k řešení problémů a vytváření nových věcí. Kromě svého rodného jazyka, portugalštiny, mluvím plynně anglicky a mám základní znalosti španělštiny. Ve volném čase se rád věnuji turistice, jízdě na kole a trávení času s rodinou a přáteli. Profesně pracuji pro startup, který vyvíjí vzdělávací aplikace pro děti.

Jmenuji se Elena. Žiji ve švýcarském Baaru. Je mi 28 let. Mluvím švýcarskou němčinou. Na univerzitě jsem studovala finance a účetnictví. Poté jsem začala pracovat ve velké švýcarské bance jako finanční poradce. Ve volném čase se ráda věnuji turistice, jízdě na kole a poznávání krásné švýcarské přírody. Mám také ráda hudbu a divadlo. Chodím na koncerty a divadelní představení v Curychu. Je mi potěšením se s vámi seznámit!

Dobrý den! Jmenuji se Li a jsem 32letý podnikatel z čínské Šanghaje. Vždy jsem byl motivován a motivován k tomu, abych se stal úspěšným. Po dokončení vysoké školy jsem založil vlastní společnost, která se specializuje na vývoj a marketing mobilních her. Moje podnikání je úspěšné a já jsem vděčný za příležitost pracovat s talentovaným týmem lidí. Ve volném čase rád čtu, cestuji a trávím čas s rodinou. S nadšením se také věnuji své komunitě a dobrovolně se věnuji mentoringu mladých podnikatelů.

Jmenuji se Pierre a jsem 36letý grafický designér z francouzského Toulouse. Vždy jsem byl kreativní a mám vášeň pro umění a design. Rád využívám své dovednosti k vytváření vizuálně přitažlivých a účinných návrhů, které předávají sdělení. Kromě svého rodného jazyka, francouzštiny, mluvím plynně anglicky a mám základní znalosti italštiny, ruštiny a japonštiny. Ve volném čase rád fotografuji, jezdím na skateboardu a poznávám kulturní scénu Paříže. Profesně pracuji pro designérskou agenturu, která se specializuje na tvorbu značek a marketingových materiálů.

2. Rodina

Greta: Mám malou rodinu. Moji rodiče jsou oba učitelé v důchodu a žijí v malém městě vzdáleném asi hodinu cesty ode mě. Mám mladšího bratra, který je lékař. Žije ve městě se svou ženou a dvěma dětmi. S rodiči se vídám asi jednou za měsíc a alespoň jednou týdně s nimi mluvím po telefonu. S bratrem a jeho rodinou se vídám méně často, ale snažíme se sejít alespoň několikrát do roka. Se svou rodinou jsem si velmi blízký. Jsou mi největší oporou a vím, že se na ně mohu vždy spolehnout.

Lukas: Mám velkou rodinu. Moji rodiče jsou manželé už 35 let a žijí ve velkém domě na předměstí. Mám dva starší bratry a malou sestru. Můj nejstarší bratr je právník, prostřední bratr je inženýr a sestra je zdravotní sestra. S rodiči a sourozenci se vídám pořád. Bydlíme blízko sebe a často se scházíme na večeři nebo si jen tak povídáme. Jsem za svou rodinu velmi vděčný. Jsou to moji nejlepší přátelé a mám je moc ráda.

Steffanie: Mám smíšenou rodinu. Moji rodiče se rozvedli, když jsem byla mladší, a pak se oba znovu oženili. Mám dva nevlastní rodiče a tři nevlastní sourozence. Žiji s maminkou. Můj táta a jeho žena žijí v jiném státě. S tátou a jeho rodinou se vídám každé léto a o prázdninách.

David: Jsem jedináček. Moji rodiče jsou rozvedení a já žiji s mámou. S tátou se vídám o víkendech a o prázdninách. Mám také blízký vztah se svými prarodiči a tetami a strýci.

Emma: Mám velmi rozmanitou rodinu. Moje maminka pochází z Číny a tatínek ze Spojených států. Vyrůstala jsem v angličtině i mandarínské čínštině. Jsem velmi hrdá na své dědictví a ráda poznávám čínskou i americkou kulturu.

Hannah: Mám adoptivní rodinu. Když jsem byla malá, byla jsem adoptovaná. Moji rodiče jsou oba učitelé a mají jednoho biologického syna. Se svými adoptivními rodiči a bratrem si jsem velmi blízká. Ráda s nimi trávím čas a vím, že mě mají rádi.

Michael: Mám vojenskou rodinu. Táta je v armádě a máma je v domácnosti. Mám dvě mladší sestry. V průběhu let jsme se kvůli tátově práci často stěhovali, ale vždy jsme si zůstali nablízku. Rád trávím čas se svou rodinou a vím, že mě mají rádi. Jsem na svého tátu velmi hrdá a jsem mu vděčná za oběti, které přinesl naší zemi.

Julie: Mám vícegenerační rodinu. Žiji s rodiči, prarodiči a tetou a strýcem. Se všemi členy své rodiny mám velmi blízký vztah. Ráda s nimi trávím čas a vím, že mě mají rádi. Jsem za svou rodinu velmi vděčná. Jsou mou největší oporou a vím, že se na ně mohu vždy spolehnout.

3. Denní rutina

Ahoj, já jsem Laura. Ráno vstávám v šest hodin a připravuji se do školy. Rychle posnídám ovesné vločky a ovoce a pak si vyčistím zuby a učesu se. Jdu do školy se svou kamarádkou a povídáme si o tom, co se ten den budeme učit. Školu mám ráda a nejvíc mě zajímá přírodověda a matematika. Ráno máme matematiku, přírodopis a literaturu. Odpoledne máme dějepis, společenské vědy a umění. Na obědě jím se svými kamarády a povídáme si o všem, co se nám v životě děje. Bavíme se také o klimatických změnách, protože je to něco, co nás všechny zajímá Když přijdu ze školy domů, většinou hned dělám domácí práce. Snažím se také udělat si čas na své koníčky, jako je hra na klavír a čtení. Večer jdu s rodinou na večeři. Po večeři se třeba dívám na film nebo hraji hry. Spát chodím obvykle kolem deváté hodiny večer.

Ahoj, já jsem Greta. Vstávám v sedm hodin a připravuji se na univerzitu. Rychle se nasnídám jogurtu a müsli a pak si vyčistím zuby a učesám se. Jdu se spolubydlící na autobusovou zastávku a povídáme si o všem, co se ten den budeme učit na přednáškách. Miluju univerzitu a obzvlášť mě zajímá psychologie. Ráno mám dvě přednášky z psychologie: jednu o kognitivní psychologii a druhou o vývojové psychologii. Odpoledne mám seminář o výzkumných metodách a výuku statistiky. Na obědě jím s kamarády a povídáme si o předmětech i o plánech na víkend. Bavíme se také o aktuálních událostech a společenských tématech, jako je duševní zdraví a klimatické změny. Po univerzitě jdu domů a dám si svačinu. Pak začnu pracovat na svých úkolech. Snažím se také najít si čas na své koníčky, jako je čtení a psaní. Večer jdu se spolubydlícími na večeři. Po večeři se můžeme dívat na film, hrát hry nebo jen tak odpočívat a povídat si. O půlnoci chodím spát.

Jsem Michael, 30letý softwarový inženýr. Vstávám v osm hodin a připravuji se do práce. Rychle posnídám cereálie s mlékem a pak si vyčistím zuby a učesu se. Do práce jedu autem a cestou obvykle poslouchám hudbu nebo podcast. Dojíždění do práce si užívám, protože mi dává možnost odpočinout si a vyčistit si hlavu, než začnu svůj den. Když dorazím do práce, zkontroluji si e-mail a kalendář, abych zjistila, co mám na dnešek na programu. Pak obvykle začnu pracovat na svém nejdůležitějším úkolu. Pracuji jako softwarový inženýr, takže mým úkolem je vyvíjet a udržovat softwarové aplikace. Moje práce mě baví, protože je to výzva a je pro mě přínosná. Při obědě obvykle jím se svými spolupracovníky. Bavíme se o všem možném, od práce až po osobní život. Po obědě pokračuji v práci na zadaných úkolech. Obvykle mám hodně práce, ale snažím se během dne dělat přestávky, abych vstal a hýbal se nebo si vyčistil hlavu a vrátil se k práci. Po práci chodím do posilovny, chci se udržet v kondici a prostě si rád zacvičím. Pak jdu domů a uvařím si večeři. Večer se možná podívám na film, přečtu si knihu nebo si zahraji videohry.

4. Co sním za den

K snídani si obvykle dávám řecký jogurt s čerstvými bobulemi a granolou a k tomu celozrnný toast s krémovým avokádem. Na začátek dne si dám šálek horké černé kávy. K obědu si dávám salát s listovou zeleninou, cherry rajčátky, grilovaným kuřecím masem a různou křupavou zeleninou. K večeři si často připravuji grilovaného lososa marinovaného ve směsi bylinek a koření a k němu brokolici. Je to výživný a sytý způsob, jak zakončit den.

Moje ranní rutina se skládá z ovesných vloček s plátky banánu, trochou mandlového másla a medu. Pak si dám zelený koktejl ze špenátu, ananasu a kokosové vody, který mi dodá výživu a energii na začátek dne. K obědu si obvykle dávám pečenou zeleninu, cizrnu a trochu sýra feta v misce, kterou pro chuť pokapu citronovou zálivkou tahini. K večeři si často připravuji vydatné zeleninové smažení s barevnými paprikami, sněhovým hráškem, tofu a pikantní omáčkou. Podávám ho s hnědou rýží, což je zdravé a chutné jídlo.

Obvykle snídám míchaná vajíčka smíchaná se smaženou zeleninou, podávaná s celozrnným toastem. K tomu si dám sklenici čerstvě vymačkané pomerančové šťávy, čímž si vytvořím výživné a syté ranní jídlo. Někdy si k obědu dávám krůtí maso s avokádem a celozrnné tortilly. K němu přidám rozmixované ovoce a ledový bylinkový čaj, aby byl oběd vyvážený a dodal energii. K večeři mám také ráda čočkovou polévku plnou zeleniny a aromatického koření. Dávám si ji s míchaným zeleným salátem a křupavým celozrnným rohlíkem, čímž vznikne výživná a chutná večeře. Příležitostně si připravuji boloňské špagety z celozrnných těstovin, libového mletého krůtího masa a rajčatové omáčky plné zeleniny. Tuto vydatnou a sytou večeři doplňuje česnekem osmažený špenát, po kterém jsem spokojená a nasycená.

Dnes jsme si s kolegy vyrazili do města na oběd. Opustili jsme pracoviště a šli do nedaleké restaurace. V restauraci bylo mnoho možností stravování. Vybral jsem si sendvič s krůtím masem a zeleninou. Můj kolega si vybral salát s kuřecím masem. Další kolega si objednal sushi. Dali jsme si také nějaké nápoje, například vodu a džus.

Včera jsem měl důležitou obchodní schůzku u večeře. Bylo to v pěkné restauraci ve městě. Sešli jsme se s kolegy, abychom probrali pracovní záležitosti. Začali jsme zdvořilým pozdravem a představili se. Číšník nám přinesl jídelní lístky. Jako hlavní chod jsem si vybral grilované kuře se zeleninou. Ostatní si objednali jiná jídla. Během večeře jsme diskutovali o našich projektech a sdíleli nápady. Bylo to produktivní a příjemné setkání.

Když jdu na rande do restaurace, ráda si objednávám jednoduchá a chutná jídla. Jako předkrm se hodí čerstvý salát nebo miska polévky. Jako hlavní chod si často vybírám grilované kuře nebo rybu se zeleninou jako přílohou. Tato jídla nejsou příliš složitá a chutnají výborně. Před objednáním se vždy ujistím, že se svého partnera zeptám na jeho preference a alergie. Na konci jídla je příjemné podělit se o dezert, například kopeček zmrzliny nebo kousek dortu. Oba si tak užijeme sladké zakončení rande.

5. Sólo road-trip

Minulý týden jsem se rozhodl vyrazit na samostatný výlet. Měl jsem pár volných dní a chtěl jsem zažít dobrodružství.

V pondělí ráno jsem si na letišti v Madridu půjčil malé modré auto značky Toyota. Byl jsem nervózní, že pojedu takovou dálku sám, ale zároveň jsem se těšil. Mým plánem bylo jet na sever a prozkoumat malá města podél pobřeží.

První den jsem jel 5 hodin, než jsem dorazil do pěkného hotelu v Gijónu. Druhý den brzy ráno jsem se prošel po tomto městečku. Prohlédl jsem si pláž, staré budovy a v restauraci jsem si dal čerstvou rybu.

Druhý den jsem pokračoval v jízdě na sever. Dálnice vedla přes krásné hory a zelená údolí. V polovině cesty jsem zastavil v Santillana del Mar. Byla to velmi stará vesnice. Navštívil jsem muzeum, abych se seznámil s její historií. Viděl jsem tam také mnoho pěkných kostelů.

Tu noc jsem se ubytoval v malém hotelu v Santillana del Mar. Ráno jsem se procházel tichými dlážděnými uličkami. Koupil jsem si několik pohlednic, které jsem chtěl poslat svým přátelům domů.

Třetí den jsem dorazil do San Sebastianu. Toto město leželo přímo u oceánu, s krásnou pláží a přístavem. Půjčil jsem si kolo a projel se po nábřeží. Viděl jsem lidi, kteří z mola rybařili. Večer jsem si našel příjemný tapas bar, kde jsem ochutnal různá španělská jídla, jako je šunka, sýr a smažené chobotnice.

Další den byl můj poslední před návratem domů. Jel jsem zpět do vnitrozemí krajinou. Krajina byla tak krásná, všude zelené kopce a farmy.

Zastavil jsem se v Burgosu, abych si prohlédl tamní slavnou katedrálu. Byla obrovská, se dvěma vysokými věžemi. I uvnitř byla impozantní, s vitrážemi.

Tu noc jsem se ubytoval v jednom starém hotelu v Burgosu. Druhý den ráno jsem se procházel pěšími ulicemi. Nakupoval jsem a kupoval dárky domů.

Po obědě jsem se vydal na dlouhou cestu zpět do Madridu. Byl jsem unavený, ale šťastný, že jsem se na tento výlet vydal. Projíždět Španělskem a vidět nádhernou krajinu byl úžasný zážitek.

Zjistila jsem, že mě opravdu baví cestovat samostatně. Zastavovat, kde chci, a vytvářet si vlastní program je velmi osvobozující.

Už se nemůžu dočkat, až se někdy vydám na další samostatnou cestu. Možná pojedu podél pobřeží Středozemního moře nebo prozkoumám více severního Španělska. Možností je nekonečně mnoho!

6. Výlet vlakem

Minulý měsíc jsme s přáteli podnikli úžasný spontánní výlet vlakem po Itálii. Byla to velká zábava, když jsme společně objevovali různá města.

Jednoho pátečního rána mi zavolala kamarádka Maria s nápadem. Řekla: "Pojedeme o víkendu vlakem po Itálii! Večer si můžeme sbalit kufry a zítra vyrazit." Byla jsem nadšená, že se s ní a s dalšími přáteli vydáme na dobrodružnou cestu.

Druhý den ráno se nás pět sešlo na nádraží Roma Termini. Koupili jsme si jízdenky na další vysokorychlostní vlak do Florencie. Cesta vlakem trvala pouhých 90 minut krásnou přírodou.

Ve Florencii jsme se ubytovali v malém hotelu v centru města. Celý den jsme strávili procházkami a prohlídkou známých památek, jako je katedrála Duomo s červenou kopulí. Také jsme jedli vynikající italské jídlo, jako je pizza, těstoviny a zmrzlina!

V neděli ráno jsme si prohlédli obrovský trh San Lorenzo. Koupila jsem si krásnou růžovou koženou kabelku. Pak jsme brzy ráno nasedli na vlak do Benátek. Cesta trvala dvě hodiny. Dívala jsem se z okna na všechna malá městečka, která jsme míjeli.

Když jsme přijeli do Benátek, svezli jsme se vodním taxíkem po Canal Grande do našeho hotelu poblíž náměstí svatého Marka. Tohle město bylo tak jedinečné, místo ulic tu byla voda! Odpoledne jsme strávili bloumáním úzkými uličkami a procházením malých obchůdků.

Ten večer jsme našli restauraci s výhledem na malý kanál. Jedli jsme úžasné těstoviny s mořskými plody a smáli se našim dosavadním dobrodružstvím. S přáteli jsem si užila spoustu legrace.

Ráno jsme se vydali na celodenní výlet na nedaleké ostrovy Murano a Burano. Na Muranu jsme sledovali ukázku foukání skla. Barvy byly nádherné. Burano byla roztomilá rybářská vesnička s pestře pomalovanými domky podél vody.

Po návratu do Benátek byl čas pokračovat v cestě. Nočním vlakem jsme se vrátili do Neapole. Ve vlaku jsme sdíleli kupé a mně se spalo docela dobře.

Měli jsme už jen jeden den, a tak jsme se snažili vidět co nejvíce z Neapole. Navštívili jsme Národní archeologické muzeum a prohlédli si starořímské artefakty. K obědu jsme si dali vynikající obrovské pizzy!

Večer jsme se vydali na nábřeží, abychom viděli západ slunce nad mořem. Bylo to krásné zakončení naší rychlé, ale úžasné cesty po Itálii. Společně jsme se objali a slíbili si, že spolu brzy podnikneme další spontánní výlet!

Druhý den ráno jsme nastoupili do vlaků zpět domů. Bylo mi smutno, že opouštím Itálii, ale byla jsem vděčná za vzpomínky na své přátele. Už se nemůžu dočkat našeho dalšího dobrodružství!

7. Jízda trajektem

Anna se dívala z okna letadla, které přistávalo v krásných řeckých Aténách. Těšila se, že tu stráví dva týdny letních prázdnin se svým přítelem Erikem. Chodila s ním už přes rok a tohle byla jejich první společná velká cesta.

Anna i Erik pocházeli ze Švédska. Seznámili se na univerzitě ve Stockholmu, kde Erik studoval na architekta a Anna se učila na učitelku. Byla to láska na první pohled!

Erik naplánoval tuto dovolenou v Řecku jako romantické překvapení k Anniným narozeninám. Vždycky snila o návštěvě řeckých ostrovů. Když letadlo přistávalo, Erik stiskl Anně ruku a řekl: "Už se nemůžu dočkat, až s tebou prozkoumám Řecko!" Anna se usmála. Anna se cítila šťastná, že má tak pozorného přítele.

Pár se vydal trajektem z Atén na ostrov Santorini. Když dorazili do malé vesničky na útesu, kde byli ubytováni, byli ohromeni krásnými modrobílými budovami s výhledem na moře. "Je to tu jako na pohlednici!" řekla Anna.

Jejich hotelový pokoj měl balkon s úžasným výhledem na oceán. Ten večer vzal Erik Annu na večeři do restaurace u vody. Při západu slunce si dali čerstvý řecký salát, rybu a víno.

Druhý den ráno si přivstali brzy, aby se vydali na túru podél okraje sopečného kráteru v centru Santorini. Byl to neuvěřitelný pohled! Po túře si odpočinuli na odlehlé pláži s červeným pískem. Voda byla křišťálově čistá a příjemně teplá.

Ten večer Erik naplánoval romantické překvapení k Anniným narozeninám. Vzal ji na soukromou plavbu lodí po ostrově. Dopluli do malé zátoky, kde na pláži uspořádal večeři při svíčkách, s hudbou bouzouki a růžemi.

Po jídle vedl Erik Annu blíž k vodě. Pod hvězdnou oblohou poklekl a požádal ji o ruku! Anna radostně řekla ano a dlouze se políbili. Nemohla uvěřit této dokonalé žádosti o ruku na řeckém ostrově!

Novomanželé pokračovali v idylické dovolené. Pluli na ostrov Mykonos a tančili na celonoční plážové párty. Na ostrově Delos se procházeli po starověkých ruinách. Poslední den sledovali úchvatný západ slunce z útesů v Oia.

Když nastal čas odletu zpět do Švédska, Anna nechtěla Řecko opustit. Výlet byl naprosto kouzelný! S Erikem si naplánovali, že se vrátí na svatební cestu.

Během letu domů si Anna opřela hlavu o Erikovo rameno. "Tohle byla ta nejromantičtější dovolená, jakou jsem si kdy dokázala představit," řekla šťastně. Erik se usmál a políbil svou novou snoubenku. Oba se nemohli dočkat, až se do Řecka zase někdy vrátí!

8. Letecká doprava

S přítelem Pierrem jsme se právě vrátili z nejúžasnějšího výletu do Punta Cany! Nikdy předtím jsem v Dominikánské republice nebyla, takže jsem byla opravdu nadšená, že tam strávím týden na pláži.

V sobotu ráno jsme jeli vlakem na letiště Charlese de Gaulla. Byla jsem trochu nervózní z tak dlouhého letu, ale když jsem měla Pierra s sebou, bylo mi lépe.

Náš let s Air France do Punta Cany trval 10 hodin! Pierre mě při vzletu držel za ruku. Letušky nám daly večeři, svačinu a snídani. Byli velmi milí. Dívala jsem se na filmy a snažila se spát. Pierre si celou dobu jen četl knihu.

Když jsme přistáli v Punta Caně, první, čeho jsme si všimli, bylo horko! Bylo 32 stupňů Celsia. Odvezl nás tam muž s cedulí našeho letoviska. Cesta trvala 40 minut přes malé vesničky a palmy do našeho hotelu na pláži.

Když jsme dorazili do resortu, nemohli jsme uvěřit, jak je úžasný! Náš pokoj byl v malém bungalovu přímo na písku s vlastním bazénem Pláž byla z bílého písku a měla průzračně modrou vodu. Pierre nám objednal koktejly, které jsme si mohli vychutnat v bazénu.

Následujících šest dní uteklo rychle. S Pierrem jsme odpočívali na pláži, plavali v oceánu, četli knihy a chodili na procházky. V letovisku se konala spousta zábavných aktivit, jako jsou hodiny tance, lekce španělštiny a jóga na pláži.

Několik dní jsme jezdili do hlavní části Punta Cany bezplatnou kyvadlovou dopravou. Procházeli jsme se po místních trzích a nakupovali suvenýry. Mým oblíbeným nákupem byl krásný obraz tropických ryb od místního umělce.

Jídlo v resortu bylo vynikající. K snídani měli obrovský bufet s čerstvým ovocem, pečivem, palačinkami, omeletami a dalšími pokrmy. Na večeři jsme chodili do gurmánských restaurací. Pierre miluje mořské plody, takže byl velmi spokojený!

Poslední večer jsme sledovali západ slunce na pláži a popíjeli šampaňské. Byl to dokonalý romantický večer. Druhý den jsme odjížděli smutní, ale máme na tento výlet spoustu výjimečných vzpomínek.

Let zpět do Paříže se zdál být velmi krátký. Celou dobu jsme si povídali o tom, že příští rok se sem chceme vrátit a zůstat tu dva týdny!

Byl to můj první velký výlet s Pierrem. Jsem moc ráda, že jsme se rozhodli navštívit Punta Canu. Myslím, že společné objevování nových míst nás ještě více sblížilo. Nemůžu se dočkat, až s Pierrem procestujeme svět a vytvoříme si ještě více krásných vzpomínek.

9. Pobyt v hotelu

Zarezervoval jsem si ubytování v hotelu. Proces rezervace byl jednoduchý a obdržel jsem potvrzení rezervace. Po příjezdu jsem se šel přihlásit na recepci. Personál hotelu byl příjemný a efektivní a poskytl mi potřebné informace o mém pobytu.

Po odbavení jsem se odebral do přiděleného pokoje. Pokoj byl čistý a přehledný a já se v něm pohodlně usadil. Během pobytu jsem si zašel do hotelové jídelny na snídani. Nabídka snídaní byla pestrá a já jsem si na začátek dne pochutnal na sytém jídle.

Když nastal čas odjezdu, navštívil jsem recepci, abych uhradil účet. Zaměstnanci hotelu mi vystavili podrobnou fakturu a odhlášení bylo rychlé a bezproblémové. Vrátil jsem klíč od pokoje a poděkoval personálu za pohostinnost během mého pobytu.

Celkově byla moje zkušenost s pobytem v hotelu příjemná. Ubytování bylo pohodlné a personál hotelu byl zdvořilý a pozorný. Díky jednoduchým a efektivním postupům při rezervaci, přihlášení, stravování a odhlášení byl můj pobyt pohodlný a příjemný.

10. Exkurze do Amazonie

Byl jsem velmi vzrušený, když letadlo přistávalo na krátké prašné dráze uprostřed amazonského deštného pralesa. Díval jsem se z okénka na všechny ty zelené stromy, které se táhly, kam až jsem dohlédl. Po měsících čekání jsem byl konečně tady! Čekalo mě dobrodružství na tomto slavném místě, o kterém jsem snil celý život.

Když jsem vystoupil z letadla, horký a vlhký vzduch mě obklopil jako deka. Náš průvodce Miguel se usmál a pozdravil nás. Jeho snědá pleť a drsné ruce prozrazovaly, že žije prostým životem poblíž této divoké džungle. Nastoupili jsme do otevřeného džípu a sjížděli po hrbolatých cestách mezi stromy. Všude kolem jsem slyšela podivné zvuky zvířat. Pozorně jsem si prohlížela rostliny a doufala, že uvidím plaché tvory.

Po hodině cesty po klikatých stezkách jsme dorazili k malým chatkám na kůlech. Tohle měl být náš domov na dva týdny! Miguel řekl. Byli jsme tu daleko od jakýchkoli silnic nebo měst. Když budu žít tak blízko přírodě, hodně se o ní naučím.

Ještě jsme si ani nevybalili kufry, než nás Miguel vzal na výlet. Stezka byla mokrá a kluzká. Zkroucené kořeny se nám snažily podrazit nohy. U uší nám hlasitě bzučeli komáři. Ale já jsem byl nadšený, že jsem obklopen takovými neznámými divy. Nad námi přelétali pestří ptáci a z korun stromů na nás shlížely opice.

Později jsme na řece pádlovali na jednoduchých kánoích. Miguel ukázal na líné kajmany opalující se na břehu. Za soumraku nám ukázal jezírko s obrovskými lekníny. Jejich obrovské bílé květy se na noc otevíraly. Ve slábnoucím světle zářily.

Během následujícího týdne nás Miguel zavedl hlouběji do lesů, polí a bažin. Každý den byl novým zázrakem. Pozoroval jsem říční delfíny, jak hravě skáčou a točí se. Hlasité opice nás okřikovaly, když jsme se přiblížili k jejich snídani. Jednou jsme dokonce viděli hada hroznýše, jak se motá kolem větve a je najedený z nedávného jídla.

Když jsme zrovna nechodili na túry s Miguelem, mohli jsme se vydat na vlastní pěst. Toulal jsem se se zápisníkem a zapisoval si všechny úžasné věci, které jsem viděl. Obrovské kořeny stromů lemovaly břehy řeky jako sloupy. V paprscích slunce tančili jasně modří motýli. Palmové listy o sebe ve větru šeptavě škrábaly.

Jednoho rána nás Miguel vzal na ryby ke skrytému rybníku. Když jsme tiše pádlovali v mlze, cítil jsem se na tomto prazvláštním místě klidný. Miguel se hlasitě rozesmál, když jsem chytil obrovskou rybu arapaimu. Divoce sebou mrskala a vyplazovala červený jazyk. Později jsme ji snědli k večeři - kouřící maso bylo velmi chutné.

Někdy přicházely velké bouře, které zbarvovaly oblohu do zlostně fialové. Ohlušující hromy nás posílaly do chatrčí, kde jsme čekali, až prudké deště skončí. Po bouřce stoupala z vlhké země pára, která voněla svěže a čistě.

Ke konci cesty jsme se vydali na motorovém člunu na návštěvu Yanomami. Přivítali nás ve své velké společné chýši, kde jsme viděli pracující rodiny a hrající si děti. V zakouřené chýši jejich náčelník vyprávěl o jejich historii a zvycích ve svém jazyce a Miguel mu překládal. Kladli jsme jim otázky a oni nás poctili tradičním tancem. Spojení s těmito lidmi, kteří jsou tak spjati s přírodou a tradicemi, mě velmi dojalo.

Poslední noc nám Miguel řekl, že bychom měli spát venku v houpacích sítích. Rozvěsili jsme houpací sítě mezi stromy, vařili na ohni a poslouchali noční zvuky všude kolem. Když se úplně setmělo, vzal nás Miguel na noční procházku. Při tichém pohybu s tlumenými baterkami jsme viděli červené oči kajmanů, lovící obrovské tarantule, nájezdníky na hnízdo a dokonce i plachého kinkajou v korunách stromů. Připadalo nám to jako odkrývání zakopaného pokladu.

Když jsem si konečně vlezl do houpací sítě, obloha byla posetá hvězdami. Jejich světlo se mísilo se světluškami, které blikaly všude kolem. Při pohledu vzhůru skrz listí jsem cítila část tlukotu srdce Amazonky. Toto mocné, prastaré místo ke mně promlouvalo způsobem, který jsem nedokázal popsat. Když jsem usínal, věděl jsem, že si tento zážitek navždy uchovám ve svém srdci.

Ráno jsme si sbalili kufry a nebyli jsme připraveni opustit tento kouzelný svět. Když džíp poskakoval po blátivé cestě od naší chaty, ohlédl jsem se na džungli, která mi mizela z dohledu. I když jsem se vracel do moderního světa, mé srdce bylo stále plné zázraků a tajemství, která ještě zbývalo odhalit. Tiše jsem si slíbil - jednoho dne se na toto kouzelné místo, které mi připadalo jako domov, vrátím. Amazonie se mi vryla do duše a učinila mě svou vlastní.

11. Oblečení

Ahoj, já jsem David. Obvykle nosím kalhoty na míru, které mi dobře sedí v pase a na nohou. Tyto kalhoty často doprovází košile na knoflíky různých barev a vzorů, obvykle s dlouhými rukávy. Přes to si oblékám dobře padnoucí sako nebo blejzr, díky němuž vypadám elegantně a upraveně. Vždy nosím ponožky a pevné boty, které jsou pohodlné a doplňují můj outfit.

Doplňky jsou důležité, takže nosím jednoduchý kožený pásek, který mi drží kalhoty. Někdy si vezmu kravatu, aby byl můj outfit formálnější. V chladném počasí nosím kabát nebo svrchník, abych zůstal v teple a suchu.

Při volnějších příležitostech se raději oblékám neformálně. Nosím džíny, často rovného nebo úzkého střihu, s pohodlným tričkem nebo ležérní košilí. Obvykle nosím tenisky nebo mokasíny, které jsou stylové a pohodlné zároveň.

Když jsem venku nebo cvičím, nosím sportovní oblečení. Sportovní šortky nebo tepláky s tričkem, které odvádí vlhkost, a sportovní obuv mi poskytují potřebnou flexibilitu a pohodlí.

Na formální události nosím elegantní košili a kalhoty, sako na míru a kravatu. Formální vzhled dotvářejí naleštěné společenské boty.

Když odpočívám, nosím loungewear. Pohodlné lenoškové kalhoty a volné tričko nebo mikina s kapucí jsou pro odpočinek ideální.

Pro dobrý spánek nosím pyžamo z měkké látky, které je pohodlné. Někdy si oblékám župan, abych se zahřál.

***

Ahoj, já jsem Clara. Každý den nosím různé oblečení. Často nosím šaty nebo sukně s halenkami nebo topy. Šaty mohou být ležérní letní šaty nebo formální večerní róby. Topy mohou mít různé délky rukávů a výstřihů.

Nosím spodní prádlo, jako jsou podprsenky a kalhotky, které podpírají a zakrývají mé tělo. Pod sukně a šaty často nosím punčochy nebo legíny, abych je zakryla nebo zahřála. V závislosti na příležitosti a oblečení nosím různé typy bot, například lodičky, boty na podpatku, kozačky a sandály.

Doplňky jsou pro mě důležité, takže nosím šperky, jako jsou náušnice, náhrdelníky a náramky. Nosím také šátky a pásky, abych vylepšila a dotvořila své oblečení.

V chladném počasí nosím svetry, bundy nebo kabáty, abych zůstala v teple a stylově. Svetry mohou být svetry, pulovry nebo roláky. Bundy mohou být džínové, kožené nebo na míru šité blejzry.

Při volnějších příležitostech nosím neformální oblečení. Patří sem džíny, trička nebo halenky a tenisky, lodičky nebo pohodlné sandály. V líných dnech nosím také mikiny s kapucí a tepláky.

Když chodím do posilovny nebo sportuji, nosím aktivní oblečení. Obvykle to jsou legíny, sportovní podprsenky, tílka a sportovní obuv, která je navržena tak, aby byla pohodlná a umožňovala mi volný pohyb.

Když jdu spát, nosím pyžamo z měkké látky, noční košili nebo košili na spaní, abych se cítil pohodlně. Často k nim nosím pantofle nebo příjemné ponožky, abych byl v teple a pohodlí.

12. Hledám práci

Abych si zajistil nové zaměstnání, začínám proces vyhledáváním volných pracovních míst na různých platformách, včetně online pracovních nástěnek, webových stránek společností a místních inzerátů. Po vyhledání potenciální pracovní příležitosti pečlivě vyplním žádost o zaměstnání, která zahrnuje uvedení osobních údajů, vzdělání, pracovních zkušeností a referencí.

Po odeslání žádosti netrpělivě čekám na odpověď. Pokud zaměstnavatel shledá mou žádost slibnou, může mě pozvat na pohovor. Tento zásadní krok v procesu přijímání zaměstnanců umožňuje zaměstnavateli posoudit mou kvalifikaci, dovednosti a vhodnost pro danou práci. Během pohovoru odpovídám na otázky tazatele a uvádím příklady ze svých předchozích pracovních zkušeností, abych prokázal své schopnosti.

Po pohovoru trpělivě čekám na rozhodnutí zaměstnavatele. Pokud mám to štěstí a je mi nabídnuta práce, pečlivě si ji prostuduji a zvážím aspekty, jako je plat, benefity a pracovní doba. Pokud jsou podmínky přijatelné, nabídku přijmu a připravím se na první den v práci.

Při přípravě na první den se ujistím, že mám vhodné oblečení a potřebné doklady, jako je průkaz totožnosti a příslušná osvědčení. První den se dostavím včas a zúčastním se úvodních schůzek, kde se seznámím se zásadami, postupy a očekáváními společnosti. Po celou dobu zaměstnání dodržuji pokyny společnosti a pilně pracuji tak, abych plnil svou roli a pozitivně přispíval organizaci.

13. V práci

Při své kancelářské práci používám k plnění úkolů především počítač. Pravidelně pracuji na dokumentech, tabulkách a prezentacích pomocí softwaru, jako jsou tabulkové procesory a textové editory. Významným komunikačním prostředkem je e-mail, který často sestavuji, odesílám a přijímám za účelem koordinace s kolegy a klienty. K navigaci a interakci s počítačem používám klávesnici a myš.

Soubory jsou uloženy v počítači nebo na síťové jednotce. Někdy tisknu dokumenty na tiskárně a podle potřeby provádím skenování. Schůzky jsou plánovány pomocí kalendářových aplikací a účastním se virtuálních nebo osobních schůzek, na kterých probírám projekty a aktualizace. Během těchto schůzek se účastním tím, že mluvím a naslouchám kolegům a nadřízeným.

Spolupracuji se svými kolegy na různých projektech, sdílím nápady a spolupracuji na dosažení společných cílů. Příležitostně provádím rešerše na internetu, abych shromáždil informace související s mými úkoly. Vytvářím a udržuji také databáze, abych mohl efektivně organizovat a spravovat data.

Ve své funkci se zabývám administrativními úkoly, včetně organizace a třídění dokumentů, vedení záznamů a správy kancelářských potřeb. Zvedám telefonní hovory, poskytuji pomoc nebo je směruji na příslušnou osobu. Dále pomáhám při organizaci akcí nebo seminářů, koordinuji logistiku a sděluji podrobnosti účastníkům.

Během dne si uspořádávám úkoly a stanovuji jejich priority podle termínů a důležitosti. Ve styku se spolupracovníky a klienty zachovávám profesionalitu a zajišťuji efektivní a respektující komunikaci na pracovišti. Celkově moje kancelářská práce zahrnuje rozsáhlé používání počítače k provádění řady úkolů nezbytných pro hladký chod kanceláře.

14. Jazykový kurz

Vždycky jsem se chtěl naučit portugalsky. Ta myšlenka mě fascinovala celé roky. Takže když jsem se konečně dostala na letní kurz v Portu, byla jsem nadšená. Pronajala jsem si malý byt, poznala nové přátele a začala svou cestu za poznáním.

Kurz byl intenzivní. Každé ráno jsem chodila na hodiny, kde jsme se učili základní fráze, gramatická pravidla a procvičovali jednoduché dialogy. Učitelka byla trpělivá a povzbuzující, což mi pomohlo zvýšit sebevědomí. Potkala jsem spolužáky z různých částí světa, kteří měli stejný cíl - zvládnout portugalštinu.

Odpoledne jsme prozkoumávali půvabné uličky Porta. Chodil jsem na místní trh, ukazoval a používal jednoduché fráze, abychom si koupili čerstvé produkty. Konverzace s prodavači byla náročná, ale vzrušující. Lidé byli přátelští a oceňovali mou snahu komunikovat v jejich jazyce.

Po večerech jsem cvičila se svými novými přáteli. Scházeli jsme se v mém bytě nebo v místní kavárně, vyměňovali si historky a pokoušeli se mluvit portugalsky. Bylo úžasné vidět, kolik jsme se toho za pár týdnů naučili. Vzájemně jsme se povzbuzovali, opravovali chyby a slavili malá vítězství.

Jak léto plynulo, cítila jsem se v portugalštině v každodenních situacích lépe. Dokázal jsem se zeptat na cestu, objednat si jídlo a dokonce vést základní konverzaci s místními obyvateli. Pocit, že jsem schopná komunikovat v novém jazyce, byl neuvěřitelně obohacující.

Na konci kurzu jsem dosáhl základní znalosti portugalštiny na úrovni A1. Byl to teprve začátek mé cesty za jazykem, ale zkušenosti z Porta byly neocenitelné. Odjížděl jsem s nově nabytým pochopením pro krásu portugalského jazyka a kultury, kterou představuje. Věděl jsem, že budu ve studiu pokračovat a snažit se dosáhnout vyšší úrovně znalosti.

15. Můj první den ve škole

Když jsem šel první den do školy, bylo chladné ráno. Byl jsem nervózní, ale zároveň jsem se těšil. Když jsem brzy ráno kráčel k autobusu, uviděl jsem známý žlutý autobus, který mě měl odvézt do mé nové školy.

Nastoupil jsem a uviděl nové tváře ostatních studentů. Někteří byli upovídaní a vyprávěli o svých letních prázdninách. Jiní byli tišší a jen se dívali z okna, když jsme jeli. Po krátké jízdě jsme dorazili k velké budově, která měla být mou novou školou.

S nervózním oddechováním jsem se vydala do rušných chodeb a snažila se najít svou třídu. Chodby byly plné dětí, které doháněly resty po dlouhých prázdninách. Nakonec jsem našla svou třídu a posadila se. Naše učitelka nám pak začala rozdávat papíry o tom, co se budeme v tomto pololetí učit.

Když přišla přestávka, mohl jsem se na hřišti seznámit s některými novými spolužáky. Přistoupil jsem k několika přátelsky vyhlížejícím dětem a představil se. Rychle jsme se spřátelili a povídali si o věcech, které se nám líbí a které bychom chtěli dělat. Už teď jsem mohl říct, že některá z těchto setkání přerostou v dobrá přátelství.

Než zazvonilo poslední zvonění, cítila jsem se zahlcená novými věcmi, ale zároveň jsem si na novou školu zvykla. Když jsem ten večer u večeře vyprávěl rodině o svém dni, věděl jsem, že to je jen začátek nové vzdělávací a společenské zkušenosti. Ten večer jsem usínal natěšený na to, co nového mi škola přinese a jaké kamarády.

16. Léto na farmě

Když jsem byl malý, trávil jsem léto u strýce a tety na jejich farmě na venkově. Brzy ráno mě teta budila a společně jsme snídali. Po jídle jsem strýčkovi pomáhal krmit zvířata, jako jsou krávy, slepice a koně. Byla to zábava dávat jim jídlo a hladit je.

Během dne jsem prozkoumával pole a lesy v okolí farmy. Pozoroval jsem ptáky na stromech a lovil pstruhy v potoce. Když mi bylo horko a byl jsem unavený, seděl jsem ve stínu velkého dubu a četl si komiksy, které jsem si přinesl z domova.

Teta vařila výborné obědy z potravin, které na farmě vypěstovali. Jedli jsme například čerstvou zeleninu, domácí chléb a ovocné koláče. Odpoledne mě strýc učil jezdit na koni. Zpočátku jsem se bála, ale brzy jsem si jízdu krajinou zamilovala. Před večeří jsme se museli zastavit, abychom se umyli.

Večer jsme jedli velké rodinné večeře venku na verandě. Po jídle jsem rád chytal světlušky v temných polích. Strýc vyprávěl veselé historky, které mě rozesmály. Před spaním mi teta četla knížky, když jsem usínal unavený ze zábavného dne.

Za deštivých dnů, kdy jsme nemohli být venku, mě teta učila péct v teplé kuchyni. Pekly jsme sušenky a koláče a zvaly sousedy, aby si na nich pochutnali. I za špatného počasí jsem si vždycky našla zábavu.

Na léto jsem se těšila celý rok. Trávení času na farmě s tetou a strýcem mi vytvořilo vzpomínky na dětství, na které nikdy nezapomenu. Vždycky jsem byl smutný, když léto skončilo a já musel odjet.

17. Místní volby

V jednom malém městě v Chile se rozhořela místní politika, protože se začalo bojovat o znovuzvolení starosty. Současný starosta byl zapleten do sítě korupce, což vedlo k rychlému poklesu jeho popularity a nakonec i ke ztrátě jeho funkce.

Souboj o post starosty začal oznámením stávajícího starosty Miguela Gonzáleze, že se bude ucházet o znovuzvolení. Ve funkci byl již dvě volební období a doufal, že získá další mandát od voličů. V komunitě se však začaly šířit zvěsti o korupci.

Proti Miguelovi stála odhodlaná vyzyvatelka Elena Lópezová, mladá a vášnivá politička se silnou voličskou podporou. Slíbila, že vyčistí městskou správu a obnoví důvěru v místní správu, čímž oslovila široké vrstvy obyvatel.

S tím, jak kampaň nabírala na obrátkách, sílila obvinění proti Miguelu Gonzálezovi. Obvinění ze zpronevěry, zvýhodňování a nezákonných finančních transakcí pošramotila jeho pověst. Komunita byla rozdělena, někteří ho podporovali, jiní usilovali o změnu.

Místní debaty ukázaly protichůdné ideologie kandidátů. Miguel se opíral o své zkušenosti a přisuzoval si zásluhy za minulé úspěchy ve městě, zatímco Elena se soustředila na transparentnost a odpovědnost ve státní správě. Občané je sledovali a pečlivě zvažovali své možnosti.

Média sehrála zásadní roli při odhalování obvinění z korupce vznesených proti Miguelovi. Vyšetřovací zprávy odhalily pochybné finanční transakce a vazby na místní podniky, které vrhly stín na jeho bezúhonnost. Veřejné mínění se začalo obracet proti němu a podpora Eleny prudce vzrostla.

V posledních týdnech před volbami bylo cítit napětí. Mezi oběma tábory létala obvinění a protiobvinění. Miguel, který cítil tlak, zahájil poslední pokus o záchranu své pověsti. Obvinění důrazně popřel a připsal je politické pomlouvačné kampani, kterou zorganizovali jeho odpůrci.

V den voleb přišlo ve městě volit rekordní množství lidí. Vzduch byl plný očekávání, když se odevzdávaly a sčítaly hlasy. Výsledky jasně naznačovaly nálady veřejnosti. Zvítězila Elena Lópezová, která si zajistila křeslo starostky a šanci uskutečnit změnu, kterou slibovala.

Miguel González, kdysi mocná postava městské politiky, byl nucen odstoupit a jeho kariéra byla nenávratně poznamenána korupčním skandálem. Komunita nyní očekávala, že Elena splní své sliby a povede město k nové éře otevřenosti, důvěry a pokroku.

18. Vojenský převrat

V jedné asijské zemi došlo k náhlému vojenskému převratu. Vláda země byla svržena vojenskými silami. Napětí se již delší dobu stupňovalo a převrat znamenal zlom v dějinách země.

Převrat začal brzy ráno. Vojenské jednotky převzaly kontrolu nad klíčovými vládními budovami a strategickými místy v hlavním městě. Cílem bylo převzít moc a zbavit stávající vládu moci.

Překvapená vláda se snažila účinně reagovat. Vůdci převratu vyhlásili výjimečný stav a oznámili, že jsou u moci. Tvrdili, že jejich kroky jsou nezbytné pro obnovení stability a pořádku v zemi.

Mezinárodní společenství pozorně sledovalo dění a vyzývalo k mírovému řešení a návratu k demokratickému způsobu vládnutí. Mnoho zemí převrat odsoudilo a vyzvalo k rychlému návratu k civilní vládě.

Uprostřed nepokojů vyšli do ulic protestovat civilisté, kteří požadovali návrat demokraticky zvolených vůdců. Čelí silné vojenské přítomnosti a setkávají se se silou, což vede k napjaté a nebezpečné situaci.

Vůdci puče se snažili upevnit svou moc a legitimizovat své činy slibem nové vlády a reforem. Legitimita jejich požadavků však byla široce zpochybňována jak v rámci země, tak na mezinárodní úrovni.

Jak dny ubíhaly, situace zůstávala nestabilní. Vedoucí představitelé převratu čelili odporu různých frakcí, včetně politických skupin, aktivistů a běžných občanů. Národ byl rozdělen na ty, kteří podporovali kroky armády, a na ty, kteří volali po návratu k demokracii.

Vůdci převratu se snažili získat podporu různých skupin obyvatelstva a ukázat, že jejich činy slouží vyššímu dobru. Mezinárodní společenství mezitím pokračovalo v tlaku, aby odstoupili a umožnili pokojné předání moci.

Bylo zahájeno zprostředkovatelské úsilí, jehož cílem bylo usnadnit dialog mezi vůdci převratu a zástupci svržené vlády. Cílem bylo nalézt kompromis, který by umožnil národu pokračovat a obnovit se po bouřlivých událostech.

Uprostřed nejistoty a napětí zůstávala budoucnost země nejasná. Cesta ke stabilitě a vyřešení krize závisela na ochotě všech zúčastněných stran zahájit smysluplný dialog a usilovat o mírové řešení v zájmu národa a jeho obyvatel.

19. Senzační zátah na drogy

Javier se cítil na vrcholu blaha, když nákladní loď vplouvala do irských vod. Zorganizoval další úspěšnou zásilku kokainu z Kolumbie do Evropy. Stejně jako mnoho ambiciózních mladých mužů v rodném Medellínu se Javier dal na obchod s drogami, aby si rychle vydělal peníze. Začínal jako nízko postavený kurýr, ale rychle stoupal po žebříčku a stal se nejvyšším poručíkem kartelu.

Javier byl na své logistické schopnosti velmi hrdý. Zatímco ostatní překupníci se spoléhali na rychlé čluny a surové poloponorky, on raději používal kontejnerové lodě, aby se vyhnul odhalení. Ve spolupráci se zkorumpovanými přístavními úředníky nakládal tuny kokainu do kontejnerů označených jako přepravující legální zboží, například kávu nebo banány. Javier byl odborníkem na kontrasledování a věděl, jak pod rouškou noci v tichosti převézt drogy z laboratoře v džungli nákladním autem do přístavu.

Pro tuto poslední zásilku Javier objednal starou zrezivělou nákladní loď plující pod panamskou vlajkou, která měla plout z Buenaventury do Dublinu. Na obou stranách si namastil dlaně celních inspektorů, aby se ujistil, že speciální kontejnery s kávou nebudou kontrolovány. Samotná plavba přes Atlantik proběhla hladce. Když loď v pondělí ráno vplouvala do irských teritoriálních vod, Javier z úkrytu u Dublinu s obavami, ale s uspokojením sledoval její postup. Připravoval se na to, že po příjezdu kokain vyloží a bude ho distribuovat své síti dealerů v Irsku a ve Spojeném království.

V pondělí večer loď zakotvila v přístavu. Javier shromáždil své důvěryhodné nohsledy, aby dohlédli na vykládku drog. Přísně jim nařídil, aby se při přesunu kontejnerů do skladu, který si pronajal jako odstavnou plochu, chovali diskrétně a nepřitahovali pozornost. Najednou však Javierovi vybuchl telefon, na který mu v panice volali jeho muži z doků - na zakotvenou loď se sjela irská pobřežní stráž, aby provedla nečekanou inspekci!

Javierovi se sevřelo srdce, když dostal fotografie příslušníků pobřežní stráže se psy, kteří se hemžili u nákladních kontejnerů. Nebylo možné, aby se obrovská skrýš kokainu vyhnula odhalení. Javier se zoufale snažil kontaktovat svého krtka v přístavní správě, aby zasáhl, ale už bylo pozdě. Během hodiny dorazila do doků irská policie a zatkla Javierovy muže, když otevírali kontejner naplněný 300 kilogramy vysoce čistého kokainu.

Policie zabavila celou zásilku v hodnotě několika milionů dolarů. Javier věděl, že jeho šéfové z kartelu v Medellínu budou z této katastrofální ztráty produktu a příjmů naprosto rozzuření. Jeho pověst špičkového odborníka na logistiku byla zničena. Byl by za tento debakl považován za zodpovědného a možná by mu hrozila i odveta. Javier uvažoval o okamžitém útěku z Irska. Věděl však, že kartel má dlouhý dosah a útěk je zbytečný.

Ráno se senzační zátah na drogy dostal na titulní strany mezinárodních novin. Javierův obličej se brzy objevil v irském bulváru jako údajný strůjce. Během 48 hodin byl identifikován a zatčen v motelu poblíž letiště, kde se ze zoufalství ukryl. Když byl Javier odveden na policejní stanici, uvědomil si, že jeho kariéra obchodníka s drogami nadobro skončila. Ambiciózní poručík kartelu, jehož kariéra stoupala raketovým tempem, nyní stráví desítky let za mřížemi, protože irské a evropské úřady ho budou nemilosrdně stíhat za neúspěšnou pašeráckou operaci.

20. Moje koníčky

Hra na klavír je jednou z mých největších vášní. Začala jsem chodit na hodiny, když mi bylo šest let, a okamžitě jsem si ho zamilovala. Nyní, o mnoho let později, stále hraji každý den alespoň hodinu. V obývacím pokoji mám krásný klavír, na který rád hraji vše od klasických sonát až po popové písně. Cvičení mi pomáhá relaxovat po dlouhém dni. O víkendech občas vystupuji v místních kavárnách nebo na charitativních akcích. I když jsem před koncerty nervózní, přinášet radost ostatním prostřednictvím hudby je nesmírně obohacující. Doufám, že budu své klavírní dovednosti rozvíjet až do konce života.

Společenské setkávání s přáteli mi přináší tolik štěstí. Pokud je to možné, snažím se každý víkend sejít se svými nejbližšími kamarády, ať už jdeme na večeři, na představení nebo jen tak odpočíváme doma. Nejraději mám hluboké rozhovory nad lahví vína. Mám také ráda větší setkání, jako jsou večeře, kde se mohu seznámit s novými lidmi a zároveň si popovídat se starými přáteli. Čas strávený ve společnosti mi dodává energii a motivaci do každého týdne. Jejich společnost při životních vzestupech a pádech je k nezaplacení.

Ze všech mých vášní je cestování tou nejúžasnější. Poznávání nových míst a ponoření se do cizích kultur mě pokaždé ohromí. Moje další velká cesta povede na Ibizu, na kterou se nesmírně těším. Přes den se chci vyhřívat na slunci na nádherných plážích a po setmění zažít proslulý noční život. Místní španělská kuchyně je také na mém seznamu, který musím vyzkoušet. I když mi bude během mé nepřítomnosti chybět můj klavír, soustředit se na cestu do nové země bude vzrušující. Příležitostí k setkání s ostatními cestovateli z celého světa je nekonečně mnoho. Po návratu se sejdu s přáteli, abychom si vyměnili historky o mých dobrodružstvích.

Zahradničení je relaxační koníček, který jsem si zamilovala. Za domem mám malou zahrádku, kde pěstuju zeleninu, například rajčata, mrkev a okurky. Kopání v hlíně, sázení semínek a vytahování čerstvých plodin ze země mi přináší radost. Mám také kvetoucí rostliny, jako jsou růže a tulipány, které ráda stříhám a rozmísťuji po domě. Už jen to, že si venku ušpiním ruce, mi pomáhá vyčistit si mysl po náročných dnech. Těším se, že budu moci sledovat, jak moje zahrada roste a mění se v průběhu ročních období po mnoho dalších let.

Vaření domácích jídel je další oblíbenou každodenní činností. Po práci se odreaguji krájením zeleniny a vařením omáček na sporáku. Zkoušení nových receptů z různých kuchyní udržuje vaření v napětí. Mezi mé oblíbené pokrmy patří italská a indická jídla. Ráda ale také experimentuji a vytvářím vlastní pokrmy. Vaření z čerstvých surovin je nejen uspokojující, ale také mi pomáhá udržovat zdravý životní styl. Nejlepší je podělit se s přáteli a rodinou o chutné jídlo, které jsem sama připravila.

21. Nizozemský špion

Hans byl špionem nizozemské vlády. Jeho poslední mise ho zavedla z Amsterdamu až do peruánské džungle. Vyšetřoval tam ukrytý tajný zlatý důl.

Nelegální důl se nacházel hluboko v amazonském deštném pralese. Zločinecký gang ho využíval ke krádežím zlata a jeho pašování ze země. Hansovým úkolem bylo důl najít a shromáždit důkazy proti zločincům.

Když Hans dorazil do Limy, setkal se na nizozemském velvyslanectví s dalšími agenty. Ti mu dali zásoby pro jeho misi, jako je mapa, tábornické vybavení a fotoaparát. Poté Hans nastoupil do malého vrtulového letadla a odletěl na východ do džungle.

Pilot vysadil Hanse na blátivé přistávací ploše u rychle tekoucí řeky. Opatrně nesl svůj batoh po kluzké stezce směrem k těžební oblasti vyznačené na mapě.

V džungli bylo neuvěřitelné horko a vlhko. Na vysokých stromech kolem Hanse zpívali zvláštní ptáci. Vzduchem poletovali barevní motýli a hmyz. Hans použil sprej proti hmyzu, aby se komárům vyhnul.

Celý den šel pěšky, občas se zastavil, aby se napil vody nebo snědl energetickou tyčinku. V noci se Hans utábořil a zapnul si stan. Slyšel, jak venku ve tmě pobíhají zvířata.

Druhý den ráno dorazil Hans do oblasti, kde se prý důl nachází. Pečlivě prohledával krajinu a hledal jakékoli známky důlní činnosti.

Kolem poledne zaslechl Hans v dálce mezi stromy zvuky strojů. Když šel za zvukem, narazil na širokou mýtinu protnutou džunglí.

Na mýtině stála velká kovová kůlna. Vedle ní stálo několik nákladních aut naložených velkými pytli s nápisem "Zlatá ruda". Jackpot! Tohle musel být tajný důl gangu.

Hans se tiše přiblížil co nejblíže, aby si nelegální těžbu vyfotografoval. Viděl muže v tvrdých kloboucích, jak pracují s mechanizovanými vrtačkami a vytahují zlato ze země.

Právě když Hans cvakl fotoaparátem, ucítil, jak ho zezadu někdo hrubě chytil za rameno. "Hej, ty!" zařval španělsky jeden ze strážců zločince, "Co tady čmucháš?"

Hans se pokusil utéct, ale objevili se další dva strážní a chytili ho. Sebrali mu fotoaparát a batoh a odvlekli ho do kovové boudy.

Uvnitř Hanse přivázali k židli a vyslýchali ho pod zavěšenou žárovkou. "Jsem jen ztracený turista!" zalhal, "Byl jsem na túře a hodně jsem zabloudil. Prosím, nechte mě jít!"

Strážní se Hansově historce zasmáli. Věděli, že je špión. "Necháme tě jít, gringo," řekl jejich velitel anglicky. "Hned jak se dostaneme na dno zatopené šachty!"

Hans zoufale bojoval s provazy, když ho muži umístili do rezavého výtahu. Poslali ho dolů do zatopených tunelů ve výšce 1 000 stop.

Když voda rychle zaplnila výtah, Hansovi se podařilo uvolnit si pouta na rukou. Těsně předtím, než se výtah zcela ponořil, rychle otevřel nouzový poklop.

Hans plaval vzhůru a našel vzduchovou kapsu, kde se mohl nadechnout. Na povrch vedl starý údržbářský žebřík. Spěchal po něm vylézt, než se parta vrátí.

Promočený Hans vyšel ze šachty. Ukradl venku zaparkovanou motorku a ujížděl po stezce džunglí, než si ho strážní všimli.

Když Hans o dva dny později dorazil do Limy, vydal se rovnou na velvyslanectví. Poblahopřáli mu, že přežil, a pořídili fotografie z nelegální těžby. Díky Hansovi bude gang konečně postaven před soud!

22. Art

Od chvíle, kdy uměla držet v ruce pastelku, Ann ráda kreslila. Jako malá holčička trávila hodiny na podlaze a vytvářela fantazijní obrázky s krabičkou 96 barev. Stěny jejího pokoje byly odshora dolů kompletně pokryté jejími kresbami - západy slunce, zvířata, rodinné fotografie, předměty na stole - to všechno Ann nakreslila.

Ve škole byla Ann v hodinách výtvarné výchovy velmi dobrá. Naučila se věci jako stínování a perspektivu, díky nimž byly její obrázky lepší. Její obrazy byly vždy vystavovány na školních výstavách. "Máš opravdový dar!" říkali jí učitelé. Ale i když Ann měla ráda pochvaly, milovala jen klidný, cílevědomý pocit, který jí umění dávalo.

Když bylo třeba přestat s vybarvováním ve třídě, Ann si čmárala do sešitů a vysloužila si od učitelů nejednu výtku. Začala nosit v batohu skicák a vytahovala ho, aby nakreslila cokoli, co ji zaujalo - pěkný strom na školním dvoře, duhu po dešti, svou nejlepší kamarádku pečlivě nakreslenou ostrými čarami.

Na střední škole se Ann přihlásila do všech možných uměleckých kroužků - sochařství, grafiky, fotografování a dalších. Nejraději však malovala akrylem. Ann trávila hodiny mícháním těch správných barev, aby odpovídaly obrázkům v její mysli. Školní výtvarné projekty ji ale stále nechávaly klidnou. Toužila následovat svou inspiraci, ne jen podněty a zadání.

Doma začala Ann používat oleje, protože se jí líbilo, jak bohatě vypadají na plátně. Její rodiče změnili ložnici navíc na malý umělecký ateliér jen pro ni. Brzy zaplnila malou místnost spousta obrazů - krajiny s dramatickou oblohou, krásné květiny a ovoce, nápadité portréty a také skuteční lidé.

Kdykoli Ann malovala, ztratila pojem o čase i o sobě samé. Byl to uklidňující únik, při kterém ji inspirovala. Starosti se vytratily, když pečlivě vytvářela každý tah štětcem. Zkoušela nové věci - husté barvy, jednoduché palety s jednou jasnou barvou, textury místo skutečných obrazů. Její sbírka se rozrůstala, ale Ann se stále snažila své umění zdokonalovat.

Na střední škole se Ann rozhodla, že se po maturitě bude vážně věnovat umění. Rodiče se ji jemně snažili přimět k tradičnějšímu povolání. Ona však trvala na tom, že umění je pro ni mnohem víc než jen koníček. Bylo součástí její osobnosti, potřebou tvořit, kterou musela vyjádřit.

Poté, co Ann sestavila portfolio svých nejlepších prací, byla přijata na svou nejlepší uměleckou školu. Obklopena podobně smýšlejícími lidmi se naučila mnoho o kompozici, perspektivě a řízení kreativity. Ve třetím ročníku strávila Ann semestr v Itálii, kde malovala krásné obrazy v plenéru a viděla skvělé umění v Římě, Florencii a Benátkách.

V posledním ročníku se Ann vrátila do školy a ujala se vedení uměleckých kroužků a zároveň se připravovala na svůj největší milník - vlastní výstavu. Strávila měsíce napínáním pláten, gruntováním povrchů, sháněním materiálů. Její nové dílo zkoumalo život, smrt a znovuzrození. Živé barvy se mísily se stíny. Vrstvy textury ukazovaly plynutí času. Na vernisáži se

Ann hrdě dívala na to, jak se její duše odráží v galerii. Některá díla se dokonce prodala kupcům, kteří chtěli její originální díla.

Po škole Ann cestovala s batohem po Evropě, plnila skicáky a fotila. Doma se živila prodejem svých děl. Galerie se snažily prezentovat její nejnovější kolekce.

Když se Ann vrátila domů, proměnila garáž ve světlem naplněný ateliér. Plátna se tísnila na každém rohu. Ráno malovala venku na místech v přírodě. Odpoledne patřila větším dílům v ateliéru. Večery často přinášely výstavy a galerijní akce.

Jak Annina sláva rostla, její díla byla vystavována po celé zemi. Její umění zkoumalo univerzální témata novými odvážnými způsoby - barva, práce se štětcem, míchání tmavého a světlého, měkké a tvrdé hrany. Úspěch přinesl i nějaké peníze, ale Ann zůstala oddaná především svému procesu. Sláva se nedá srovnat s tím, jak se díky umění cítila - radostně, klidně, cílevědomě.

Nyní, po třicítce, má Ann nabitý program výstav a zakázek. Žije prostě, utrácí peníze za materiál a cestování. Její prostorný podkrovní byt poskytuje prostor pro její četná díla, která zaplňují stěny. Anniny výtvory byly prodány ve slavných aukčních síních a získala je muzea. Přesto se stále cítí jako malá holčička s krabičkou pastelky, která poprvé objevuje umění.

Umění si Ann vybralo už dávno a naplňuje její svět smyslem. Jejím cílem je tvořit, od skicáků přes plátna až po obří nástěnné malby. Bez štětce si nedokáže představit budoucnost. Každý den jí nabízí nekonečné množství prázdných pláten, která může zaplnit pomocí své fantazie. Kamkoli ji zavolá inspirace, Ann ji bude následovat - její skutečná vášeň ji povede.

23. Moje první práce

Byla jsem nadšená, že jsem konečně dokončila univerzitu a získala titul z marketingu. V hodinách jsem se tvrdě učila o reklamě, sociálních médiích, budování značky a dalších věcech. Ačkoli jsem školu milovala, byla jsem připravená začít používat to, co jsem se naučila, ve skutečné práci.

Hned mě přijali do malé marketingové agentury v mém městě. První den jsem si oblékla své nejlepší profesionální oblečení a vydala se do kanceláře. Moje šéfová paní Rossiová mě provedla a představila mi přátelský tým. Seděli u stolů v otevřeném prostoru s velkým množstvím přirozeného světla. Ukázali mi můj vlastní stůl s počítačem a telefonem. S radostí jsem si odložil fotografii své rodiny a rostlinu, kterou jsem mohl zalévat.

Paní Rossiová mě zavedla do konferenční místnosti, kde jsem se seznámila se situací. Vysvětlila mi, s jakými klienty pracují a na jakých projektech budu pomáhat. "Začneme pomalu s nějakými administrativními úkoly," řekla paní Rossiová. "Ale brzy budete pracovat přímo s našimi klienty na utváření jejich marketingových plánů." Usmála jsem se, dychtivá učit se a přispívat.

Během několika následujících týdnů jsem dělala administrativní práci, jako je zvedání telefonů, organizování složek a plánování schůzek. Na týmových schůzkách jsem se dozvídala o aktuálních projektech, na kterých agentura pracovala pro různé klienty. Během brainstormingů jsem tým zaujala svými inovativními nápady.

Po měsíci paní Rossiová usoudila, že jsem připraven na větší zodpovědnost. Národní potravinářská společnost si agenturu najala na propagaci své nové řady mražených zdravých jídel. Paní Rossiová mě požádala, abych vytvořil návrh kampaně v sociálních médiích zaměřené na mladé profesionály, kteří jsou příliš zaneprázdněni vařením.

V hlavě se mi honily kreativní nápady. Vypracoval jsem podrobný plán sponzorování videí s recepty populárních šéfkuchařů na YouTube, na kterých se budou prezentovat mražená jídla. Navrhl jsem také placenou reklamu na Facebooku a Instagramu, která by zdůrazňovala výživovou hodnotu jídel a jejich pohodlnost pro zaneprázdněný životní styl. Do svého důkladného návrhového dokumentu jsem zahrnula chytlavé ukázkové příspěvky, poutavé vizuály a odhady nákladů.

Klientovi se líbila moje nápaditá strategie sociálních médií. Schválili financování, aby se kampaň mohla uskutečnit. V následujících měsících jsem pomáhal řídit všechny části kampaně. Kontaktoval jsem influencery na YouTube a vyjednával sponzorské smlouvy. Když začala výroba videí s recepty, vybíral jsem pro šéfkuchaře lákavé varianty jídel.

Mezitím jsem úzce spolupracoval s interním grafikem na tvorbě barevných reklam a příspěvků na sociálních sítích. Sestavil jsem kalendář obsahu, aby vše probíhalo podle plánu na různých platformách. Po spuštění kampaně jsem pomocí analytiky pečlivě sledoval výsledky, abych zjistil, jaký obsah má nejlepší výkon. Drzá videa s recepty vyvolala velký pozitivní ohlas. Placené reklamy oslovily tisíce cílových uživatelů a prodej mražených jídel prudce stoupl. Kampaň byla velmi úspěšná!

Všichni v agentuře byli ohromeni tím, jak jsem se chopil iniciativy při svém prvním velkém projektu. Na konci kampaně jsem prezentoval výsledky na velkém setkání s klientem a zdůraznil jsem, že se zvýšilo povědomí o značce a prodej. Vedoucí pracovníci byli velmi spokojeni a děkovali týmu agentury za naši hvězdnou práci, zejména mně.

Paní Rossiová nemohla být na mé úsilí více pyšná. Při mém prvním ročním hodnocení mi dala vynikající hodnocení. Pochválila mé kreativní nápady, technické dovednosti a spolupráci s týmem. Byl jsem povýšen a nyní budu řídit své vlastní klientské projekty.

Zářila jsem pýchou. Ještě před několika měsíci jsem byl nervózní čerstvý absolvent. Teď jsem byla vycházející hvězdou agentury a využívala jsem své vzdělání k tomu, abych klientům přinášela skutečné výsledky. Milovala jsem rychlý svět agentury a vzrušení z realizace kampaní. Byla jsem si jistá, že mě čeká zářná budoucnost. Nemohla jsem se dočkat, kam mě moje marketingová kariéra zavede dál!

24. Jak jsem potkala svého manžela

Bylo slunečné sobotní ráno, když mi zavolala moje nejlepší kamarádka Kiara. "Dnes je v centru města velký venkovní trh. Chceš se tam spolu podívat?" zeptala se mě. Hned jsem souhlasila. Ráda jsem si prohlížela všechny ty stánky s uměním, oblečením, květinami a dalšími předměty.

Kiara mě vyzvedla a jeli jsme na obrovský trh. Jakmile jsme tam dorazili, ohromily mě všechny ty barvy, vůně a zvuky. Procházeli jsme uličkami sem a tam a prohlíželi si různé stánky. Byly tam krásné obrazy, ručně vyráběné šperky, čerstvé pečivo a vynikající omáčky, které jsme mohli ochutnat.

Užili jsme si spoustu legrace při ochutnávání vzorků zdarma a při rozhovorech s přátelskými prodejci. Po chvíli mě z toho chození začaly bolet nohy. "Dáme si krátkou přestávku," řekla jsem Kiaře. Koupily jsme si studené limonády a posadily se na lavičku ve stínu.

Tehdy jsem si ho poprvé všiml. Naproti naší lavičce byl stánek s vyřezávanými dřevěnými miskami, vázami a lžícemi na vaření. Nějaký mladík zkušeně vyřezával svými nástroji kus dřeva. Při práci jsem nemohla odtrhnout oči od jeho silných, ladných rukou.

Kiara si všimla, jak na ni zírám, a škádlila mě: "Vidíš tam něco, co se ti líbí?" Zasmála jsem se a zčervenala. Muž vzhlédl a setkal se s mým pohledem. Měl hřejivé hnědé oči a milý úsměv. Cítila jsem se trapně a okamžitě jsem odvrátila pohled.

Ale když jsme později procházeli kolem jeho stánku, znovu jsem se na něj podívala. Tentokrát zvedl oči a pozdravil. "Vaše práce je tak krásná," poznamenala jsem a obdivovala misky. "Děkuji vám! Všechny je vyřezávám ručně ze dřeva, které jsem našel poblíž svého domova," odpověděl. Představil se jako Markus. Krátce jsme si povídali o trhu, než mě Kiara zatáhla za ruku.

"Měla by ses vrátit a vzít si jeho číslo!" Kiara mě pobídla. Chtěla jsem, ale byla jsem nervózní. Když jsem se ještě chvíli procházela, dodala jsem si odvahu. Řekla jsem Kiaře, že se s ní sejdu u auta, a zamířila jsem zpátky k Markusově kabince.

Naštěstí tam ještě byl a balil si zboží. "Ještě jednou ahoj," řekla jsem s plachým úsměvem. "Jen jsem si říkala, jestli bys třeba nechtěl někdy zajít na kafe?" Vypadal překvapeně, ale s radostí souhlasil. Vyměnili jsme si čísla a slíbili si, že si brzy napíšeme. V žaludku se mi třepotali motýlci, když jsem odcházela s úsměvem od ucha k uchu.

Během několika následujících týdnů jsme si s Markusem psali každý den a několikrát jsme si vyrazili na zábavné schůzky - do kaváren, muzeí, na pěší túry a jen tak si povídali u jídla. Líbilo se mi, jak byl milý, kreativní a bezstarostný. Dokázali jsme si povídat celé hodiny a nikdy nám nedošlo, co říct.

Pomalu jsme se do sebe zamilovali. Rok poté, co jsme se seznámili na trhu, mě tam Markus vzal znovu během venkovního koncertu. Před svým stánkem s dřevěnými mísami poklekl na jedno koleno. "Nikdy v životě jsem se necítil tak šťastný," řekl. "Vezmeš si mě?" Radostně jsem přes slzy štěstí řekla ano.

Nyní jsme již pět let šťastně svoji. Nikdy nemůžu jít kolem farmářského trhu nebo řemeslného jarmarku, aniž bych si vzpomněla na ten osudný slunečný den, kdy jsem poprvé uviděla svou životní lásku. Kdykoli vidím Markuse, jak ve své dílně vyřezává své výtvory, stále cítím motýly stejně jako tehdy, když se naše pohledy poprvé setkaly na druhém konci trhu. Jsem tak vděčná za ten kouzelný způsob, jakým jsme se našli.

25. Odvaha

Každé ráno v 8:15 jsem spěchal na stejný vlak, kterým jsem dojížděl do práce. Vtěsnal jsem se do přeplněného vagonu a pevně se držel tyče, zatímco vlak se škubal dopředu. Na třetí zastávce nastupovala.

Začal jsem si jí všímat před několika týdny. Svými barevnými šaty a třpytivými náušnicemi se odlišovala od běžných oblečených obchodníků. S grácií vklouzla na jediné volné místo a vytáhla z tašky tlustou knihu.

Někdy jsem se přistihl, že zírám, jak její prsty obracejí stránky. Několik pramenů kudrnatých hnědých vlasů jí spadlo přes obličej a ona si je pečlivě zastrčila za ucho. Každý den jsem přemýšlela, že ji pozdravím, ale ostych mě držel zpátky.

Jednoho rána se na nás usmálo štěstí! Na zastávce těsně před ní vystoupil muž a uvolnil místo. Srdce se mi rozbušilo vzrušením. Dnes by to mohl být ten den - jen kdybych měla dost odvahy.

Nastoupila do vlaku a vypadala krásně jako vždy. Rozpačitě jsem si odkašlal a zeptal se: "Promiňte, chtěla byste tohle místo?" Vypadala překvapeně, pak se krásně usmála a poděkovala mi, když si sedala. Cítil jsem, jak mi horknou tváře.

Nervózně jsem stála a držela se tyče a snažila se vymyslet něco zajímavého, co bych řekla. Na další zastávce se vlak otřásl a já jsem se zapotácel. Rychle se natáhla, aby mě rukou podepřela. "Musíš si dávat pozor na tyhle zastávky," řekla se smíchem, který zněl hudebně.

Její ruka zanechala na mé paži hřejivý, mravenčivý pocit. Sebral jsem odvahu a řekl: "Mimochodem, já jsem Will. Myslím, že většinu rán jezdíme tímhle vlakem spolu." Zamyšleně naklonila hlavu a pak odpověděla: "To je pravda, vídáme se tu často. Já jsem Samantha. Je velmi milé se s vámi oficiálně seznámit."

Od toho dne jsme si každé ráno ve vlaku začali povídat. Na naše rozhovory jsem se těšil víc než na cokoli jiného. Dozvěděla jsem se, že Samantha je knihovnice a miluje čtení a poezii. Byla zvídavá a milá a měla živý smysl pro humor. Čím víc jsme si povídaly, tím víc mě zaujala.

Jednoho chladného a deštivého dne jsem přišel na zastávku právě ve chvíli, kdy vlak přijížděl. Rozběhl jsem se a protáhl se dveřmi. K mému potěšení Samantha seděla na svém obvyklém místě, měla otevřenou knihu a prohlížela si stránky.

"Dobré ráno!" řekla zářivě a vzhlédla od stránky. Usmál jsem se a pozdravil ji. Když jsem se posadil vedle ní, najednou jsem si uvědomil, že jsme v tomto vagonu sami. Jen my dva.

Povídali jsme si o pochmurném počasí a smáli se nad postřehy o svérázných dojíždějících, které jsme často vídali. Být tak blízko Samanthy mě hřálo a skoro se mi točila hlava. Tohle byla moje šance říct jí, jak se cítím.

Vlak přijel na další zastávku. Mám počkat a plánovat dál? Něco mě však nutilo, abych konečně řekl, co mi leží na srdci.

"Samantho, jen jsem ti chtěl říct, že... že se mi s tebou moc dobře povídá. Jsi tou nejzářivější částí mých rán."

Překvapeně vytřeštila oči a na chvíli zmlkla. Udělal jsem chybu, když jsem mluvil tak přímo? "Ach, Wille," řekla nakonec tiše. "I já si naše rozhovory užívám. Víc, než si myslíš." Jemně položila svou ruku na mou. "Vlastně jsem doufala, že by ses chtěl někdy vidět i mimo vlak. Třeba o víkendu na večeři?"

Srdce mi poskočilo! "To bych moc ráda," podařilo se mi odpovědět. Seděli jsme s bláznivým úsměvem, ruku v ruce, a vlak nás vezl šedivým ránem. Byl jsem ohromen svou odvahou a Samanthinou vřelou reakcí. Jaká dobrodružství nám může přinést budoucnost, když jsme se teď našli? Z obyčejného ranního dojíždění se stal nejneobyčejnější okamžik mého života.

26. Od partnerů v debatě ke spřízněným duším

Colline byl spisovatel, který žil na venkově u Bayonne v jižní Francii. Milovala poklidnou krásu zelených kopců a vinic, které obklopovaly její kamenný domek. Colline trávila dny psaním temných detektivních románů a péčí o svou květinovou zahradu.

Její přítel z dětství Claude učil literaturu na místní střední škole v Bayonne. Bydlel v útulném bytě ve městě. Claudovo srdce bylo plné romantiky a poezie. Často jezdil na kole do Collinina domku, aby spolu mohli debatovat o lásce a vztazích.

Claude obdivoval Collininu inteligenci a nezávislost. Snil však o tom, že bude sdílet svůj život s milující partnerkou. Colline si vážil společnosti, ale věřil, že láska existuje jen v knihách a snech.

Jednoho slunečného dne vyjel Claude na kole za Collinem. Popíjeli víno v její rozkvetlé zahradě. Vznikla známá debata o lásce.

"Jsi příliš opatrný," řekl Claude. "V Bayonne na tebe může čekat ten pravý!"

Colline se zasmál. "Romantika je fantazie. Myslím, že rozumné věci jako sdílené hodnoty jsou důležitější."

Claude si povzdechl. "A co vášeň, intimita, dobrodružství?"

"Fikce!" Colline odpověděl. "Dobrý vztah potřebuje vzájemný respekt."

Jejich živá výměna názorů pokračovala, dokud Claude nezavolal: "Proč neotevřeš své srdce? Ožeň se a uvidíš, že láska je skutečná!"

Colline se usmál a řekl: "Dobře, udělám to, když vyzkoušíš své ideály!"

Ve světlé chvilce uzavřeli Colline a Claude dohodu. Pokud budou oba do čtyřiceti let svobodní, vezmou se, aby dokázali, že mají pravdu. Colline viděla, že to skončí nespokojeností, zatímco Claude si představoval celoživotní oddanost.

Roky ubíhaly rychle. Colline psala romány a starala se o své růže. Claude učil dychtivou mládež a rýmoval verše. Ani jeden z nich nenašel trvalou lásku, když se blížily jejich čtyřicáté narozeniny.

Měsíc před uzávěrkou Claude vzrušeně zavolal Collinovi. "Je čas, abychom se vzali, můj drahý příteli!" Colline doufala, že Claude zapomene, ale zůstala věrná svému slovu.

Colline musela přiznat, že má zasněného Clauda ráda. Jeho romantický pohled na svět, který jí kdysi připadal hloupý, jí teď připadal plný úžasu. Na svém dobrosrdečném příteli jí velmi záleželo.

Pár se vzal na radnici s rozkvetlými jarními květinami. Claude zářil radostí, když líbal svou nevěstu. Colline se křivě a láskyplně usmála.

Ke Collininu překvapení se manželský život ukázal jako příjemný. Claude připravoval krásná jídla, masíroval a nechával milostné vzkazy. Colline našla promyšlené způsoby, jak mu to oplatit, například umývání auta a nošení pamlsků domů.

Claude si liboval v dlouhých rozhovorech, četbě poezie a společných procházkách přírodou. Colline si pod Claudovou rozmarností uvědomoval jeho moudrost a idealismus. Její kdysi cynické názory na vztahy se začaly zmírňovat.

Při jejich první opravdové hádce se Colline rozplakal. Vždycky ukončovala partnerské vztahy, aby se vyhnula konfliktu. Claude byl ale trpělivý a s otevřeným srdcem se usmířili.

Během prvního roku manželství si Colline získala Claudovu hlubokou důvěru. Jeho romantický pohled na jejich vztah jí dával naději, místo aby jí připadal lehkovážný. Začala věřit v lásku.

V den jejich výročí se Colline probudila a viděla, jak Claude vaří palačinky a všude jsou čerstvé květiny. Colline mu nesměle dala drobné smysluplné dárky - jeho oblíbenou čokoládu a knihu milostných básní.

Toho večera pomalu tančili v chalupě osvětlené svíčkami. "Stalo se z toho nádherné manželství," přiznala Colline tiše. Claude se jen usmál a přitiskl svou ženu k sobě.

27. Prádelna

Když přišla, byl pomalý úterní večer. Seděla jsem u pultu v prádelně a četla si časopis. Jedinými dalšími zákazníky byla studentka na notebooku a starý muž spící na židli.

Dveře zazvonily, když vběhla dovnitř se skloněnou hlavou a taškou v ruce. Na očích měla velké sluneční brýle, klobouk stažený nízko a tvář držela dál od bezpečnostní kamery. Divné na to, že pere prádlo, pomyslel jsem si.

Šla rovnou k pračce v rohu a rychle do ní vložila své oblečení. Viděla jsem část oblečení, jak ho tam cpala - mikinu s kapucí, trička, džíny. Všechno vypadalo špinavě a flekatě.

Když v tašce hledala mince, vypadlo jí z ní několik věcí - baterka, gumové rukavice a zmačkaná účtenka. Zvláštní věci, které se nosí s sebou. Rychle je popadla, když viděla, jak se ohlížím.

Jakmile pračku spustila, přešlapovala nebo seděla shrbená a pečlivě kontrolovala prádlo, které se v ní převalovalo. Na někoho, kdo právě čeká na vyprání, vypadala velmi nervózně. Zajímalo mě, jaká tajemství to oblečení skrývá.

Když praní skončilo, spěchala dát mokré prádlo do sušičky, stále otočená směrem od kamery. Když jsem procházel kolem a sbíral použité lahve s mýdlem, otočila se víc ke zdi.

"Je tu všechno v pořádku?" Přátelsky jsem se zeptal.

"Jo, všechno v pořádku," zamumlala a nedívala se mi do očí. Její odpověď byla přátelská, ale její tělo říkalo, ať mě nechá na pokoji.

Vrátil jsem se k pultu, kde jsem ji mohl v klidu pozorovat v bezpečnostním zrcadle. Nevšimla si toho, když si to místo vybrala. Jakmile bylo oblečení v sušičce, vytáhla z tašky malý zápisník. Listovala v něm a pozorně studovala jednu stránku.

Co v těch šatech hledala? Možná nějakou stopu, kterou po sobě zanechala? Moje představivost byla bujná, ale byl jsem si jistý, že se děje něco zvláštního.

Když sušička zabzučela, rychle strčila oblečení do tašky, přidala do ní sušící prádlo, aby zamaskovala pachy, a šla ke dveřím.

Když procházela kolem pultu, zahlédl jsem její tvář pod slunečními brýlemi. Pod levým okem měla výrazné kulaté mateřské znaménko. Napadlo mě to.

"Hezký večer," řekla jsem s úsměvem. Sklopila hlavu, zamumlala odpověď a spěchala do noci.

Po zavření jsem se vrátil domů k počítači. Můj přítel měl kamaráda, který byl policista. Poslal jsem mu e-mail, ve kterém jsem popsal podezřelého zákazníka a vše, čeho jsem si všiml, včetně mateřského znaménka. Pokud spáchala nějaký trestný čin, snad by ji mohl identifikovat.

Další večer jsem byl šokován, když se objevila znovu! Stejný klobouk a brýle, stejná taška. Šla rovnou ke stejné pračce v rohu.

Snažila jsem se chovat normálně, když jsem uklízela vedle ní. Když vysypala oblečení, viděla jsem, že mnohé je potřísněné tmavými skvrnami - džíny, mikiny, bundy. Usilovně prala, kontrolovala kapsy a manžety, jestli na nich nezůstaly nějaké stopy.

O přestávce jsem se vplížil do kanceláře a napsal svému kamarádovi policistovi. Byly nějaké zprávy o té ženě s mateřským znaménkem? Byl jsem si jistý, že má na oblečení důkazy. Řekl, že brzy navštíví prádelnu.

Těsně před zavřením se ozvalo zacinkání dveří, když někdo vstoupil. Žena trhla hlavou. Ale nebyl to zákazník, byl to můj přítel policista, který šel přímo k ní!

Vydala se k zadnímu východu, ale on jí zastoupil cestu. Stáhl jí klobouk a brýle a pozorně si prohlédl její tvář. "Ach ano, mateřské znaménko," zamumlal. Oči se jí rozšířily strachem.

Když ji zatýkal, vysvětlil, že se nedaleko stala krádež, která odpovídala mému popisu. O lupiči bylo známo, že má jedinečné mateřské znaménko na obličeji. Měl jsem pravdu!

Když ji odváděli pryč, zlostně se na mě zadívala, protože si uvědomila, že jsem případ rozlouskla díky tajemstvím v jejím prádle. Pro jednou se z mé nudné práce stalo skutečné tajemné dobrodružství!

28. Překvapení v Buenos Aires

Byl teplý jarní den v Buenos Aires v roce 1948. Když Isaac procházel rušnými ulicemi města, svítilo slunce. Isaac se do Argentiny přestěhoval před třemi lety, aby začal nový život. Byl jedním z mnoha Židů, kteří po válce uprchli z Evropy. Hrůzné vzpomínky na koncentrační tábory ho stále pronásledovaly.

Isaac pocházel z malého města v Polsku. Když mu bylo 15 let, vtrhli do jeho rodiny nacisté a rozdělili ji. Léta musel pracovat v krutých podmínkách. Po osvobození zůstal Isaac úplně sám. Rozhodl se odjet daleko do Argentiny, aby se pokusil uzdravit.

Nové město bylo pro Isaaca zvláštní, ale vzrušující. Pomalu si vytvářel svůj domov. Měl malý byt a práci v kavárně. Isaac se učil španělsky, navazoval přátelství a snažil se najít klid.

Toho slunečného dne šel Isaac do své oblíbené pekárny. Potřeboval si koupit chleba, než půjde do práce. Úzké chodníky byly přeplněné spěchajícími lidmi. Isaac se snažil proplétat kolem pomalu se pohybujících párů a skupinek klábosících na chodníku.

Isaac se náhle zastavil na místě. Před sebou uviděl vysokého muže s úhlednými šedivými vlasy, jak vchází do nedaleké budovy. Jeho profil byl nezaměnitelný. Isaac měl pocit, jako by dostal ránu do břicha. Byl to doktor Klein - nacistický lékař z koncentračního tábora.

Klein prováděl bolestivé pokusy na mnoha vězních. Isaac si Kleina dobře pamatoval. Byl u toho v nejhorších chvílích, které Isaac na tom strašném místě zažil. Isaac slyšel, že Klein po válce utekl do Jižní Ameriky. Ale když ho viděl tady, jak se prochází na svobodě, udělalo se Isaacovi špatně.

V tu chvíli se Isaacovi vrátila bolest a hněv, na které se snažil zapomenout. Chtěl spravedlnost. Rozhodl se Kleina sledovat a sbírat informace. Pokud by se mu podařilo prokázat jeho totožnost, Klein by konečně čelil trestu za své zločiny.

Isaac se držel daleko za ním, když Klein kráčel dál po bloku. Vklouzl do lékárny v tiché boční ulici. Isaac muže pozorně sledoval skrz okna. Zdálo se, že je zde dobře oblečený a vážený. Isaac cítil, jak v něm vře vztek.

Během několika následujících týdnů se Isaac vrátil, aby budovu pozoroval. Dozvěděl se, že Klein provozuje vlastní lékařskou praxi. Dobře si vydělával léčením pacientů a zároveň skrýval svou zlou minulost. Isaac věděl, že musí tuto nespravedlnost zastavit.

Jednoho dne se Isaac vydal za Kleinem domů do pěkného domu na předměstí. Začal vytvářet plán, jak odhalit pravdu o tomto zločinci. Isaac se však obával, že policie nebude věřit jen jeho slovům proti známému místnímu lékaři. Potřeboval důkazy o Kleinových zločinech.

Později se Isaac vloupal do Kleinova domu, když byl doktor pryč. Zběsile prohledával zásuvky a našel staré fotografie a nacistické medaile. To byly důkazy, které potřeboval. Ale právě když se Isaac chystal odejít, uslyšel, jak se otevřely vchodové dveře.

Když Klein vstoupil do místnosti, Isaac se rychle schoval do skříně. Nahlédl do dveří skříně a sledoval, jak doktor otevírá skrytý trezor. Uvnitř byly pasy, záznamy SS a identifikační čísla obětí. Isaacovi se třásly ruce vzteky.

Isaac počkal, až Klein znovu odejde, a vzal obsah trezoru. Důkazy předal místním novinám a policii. Brzy se šokující pravda o nacistickém lékaři dostala na veřejnost. Klein byl zatčen a konečně měl čelit spravedlnosti.

Izák splnil svůj slib. Zlý muž, který způsobil tolik utrpení, za své zločiny zaplatí. Ačkoli to nemohlo vrátit to, co bylo ztraceno, Izák konečně dosáhl uzavření. Přežil peklo a dočkal se spravedlnosti. Poprvé po letech pocítil Izák opravdový klid.

29. Hunted

Před dvaceti lety se v Amsterdamu strašlivě zvrtla bankovní loupež. Při pokusu o loupež zemřelo pět lidí. Pouze jeden muž ten děsivý den přežil - Erik Smit.

Skupina měla v plánu ukrást miliony z bankovního trezoru. Policie však dorazila dříve, než očekávala, obklíčila banku a zloděje uvěznila uvnitř. V panice se ozvala střelba. V chaosu bylo zabito několik rukojmích, dva lupiči a policista.

Erikovi se podařilo bez zranění uniknout, než budovu zaplavila policie. Úřadům se nikdy nepodařilo identifikovat ani najít přeživšího lupiče. Erik se nepozorovaně vytratil a přes noc zmizel z Amsterdamu.

Přestěhoval se do německého Hamburku, aby se ukryl před svou kriminální minulostí. Změnil si jméno na Klaus a usilovně se snažil žít v přístavním městě poctivým a klidným životem. Dlouhá léta si myslel, že tragická loupež je zapomenuta.

Klausova poklidná existence se však jedné deštivé noci rozpadla. Když šel z práce domů, všiml si, že ho sleduje auto. Když spěchal prázdnými dlážděnými ulicemi, světla reflektorů sledovala každou jeho zatáčku.

Klaus zrychlil krok. Auto také zrychlilo. Srdce mu bušilo, jak mu do těla proudil adrenalin. Někdo znal jeho tajnou identitu a chtěl se mu pomstít.

Právě když auto zastavilo vedle něj, Klaus vyběhl do uličky. Vozidlo ho nemohlo následovat, ale se skřípěním zastavilo na ulici. Vyskočila z něj hrozivá postava a vykřikla: "Erik Smit!".

Vyděšený Klaus utekl do stínu. Běžel klikatými uličkami, až se nakonec zastavil, aby popadl dech. Kdo ho pronásledoval a proč zrovna teď, po tak dlouhé době?

Klaus žil několik týdnů ve strachu. Skoro nejedl a nespal, protože se obával, že ho ten hrozivý cizinec znovu najde. Uvědomoval si, že ten, kdo ho sleduje, nepřestane.

Jednoho bouřlivého dne Klause v prázdné garáži obklíčil muž v kapuci. Než stačil zareagovat, muž zvedl zbraň a vystřelil. Klausovi se podařilo vyváznout jen s odřeninou na ruce.

Otřesený Klaus věděl, že musí okamžitě opustit zemi. Sbalil si malou tašku a vydal se na nádraží. Tam si koupil jízdenku do Rakouska a nějaké jídlo na dlouhou cestu.

Klaus čekal na nástupišti s kšiltovkou staženou dolů a nervózně se rozhlížel kolem. Připadal si jako štvaná zvěř, neustále sledovaný ze stínu.

Konečně přijel vlak. Právě když chtěl Klaus nastoupit, chytila ho za rameno ruka. Otočil se a spatřil muže v kapuci z garáže se zdviženou zbraní.

Vlak zahoukal. Klaus využil rozptýlení, uvolnil zbraň a zasadil muži tvrdou ránu do obličeje. Útočník se zapotácel, Klaus naskočil do vlaku a ten odjel do bezpečí.

Zadýchaný Klaus se zhroutil na sedadlo ve vlaku. Jen o vlásek unikl muži v kápi, ale věděl, že je stále pronásledován. Zatímco se vlak řítil dál do Rakouska, Klaus se snažil uklidnit své nervy.

Klaus se díval z okna na ubíhající krajinu a zvažoval své možnosti. Mohl utíkat donekonečna a ohlížet se přitom přes rameno. Nebo by mohl konečně nadobro zastavit ten stín ze své minulosti.

Odhodlaný Klaus se rozhodl na útočníka nastražit past. Vylákal muže v kapuci do Rakouska a nechal ho zatknout místní policií. Po dvaceti letech pronásledování bylo načase přestat se skrývat.

Když Klaus přijel do Vídně, pronajal si za hotové peníze malý byt. Věděl, že muž v kapuci ho v Rakousku snadno vystopuje, ale zatím neznal jeho přesnou polohu. Klaus nahlásil podivné výhrůžky vídeňské policii a ta souhlasila s pomocí.

O několik dní později se Klaus odvážil vyjít ze svého bytu. Opatrně se rozhlédl a zamířil na přeplněné náměstí plné turistů a hudby. Klaus se posadil na lavičku a čekal, protože věděl, že ho někdo pozoruje.

Nakonec spatřil známou postavu v kapuci, která se skrývala poblíž. Když se muž začal přibližovat, Klaus rychle vykročil k úzké uličce. Zašel za roh a čekal na ně.

O chvíli později se ve stínu objevila postava v kapuci. Když se vrhl na Klause, do uličky se nahrnula rakouská policie a útočníka spoutala. Muž křičel a vzpíral se, ale byl pevně zadržen.

Na policejní stanici byl útočník vyslýchán, zatímco Klaus ho pozoroval z vedlejší místnosti. Když mu nabídl dohodu za přiznání, muž nakonec vše přiznal.

Byl to Tom Klein, syn bankovního strážce, který byl před dvaceti lety zabit při zpackané loupeži v Amsterdamu. Tom byl pohlcen pomstou lupiči, který unikl. Pomocí starých spisů a záznamů nakonec Klause identifikoval.

Celé měsíce Tom sledoval Klausův pohyb a čekal na příležitost dokončit svou pomstychtivou misi. Nyní se Tom v policejní vazbě vzdal veškerého hněvu a souhlasil, že nechá Klause na pokoji. Dlouhé utrpení bylo konečně u konce.

Když se Klaus zbavil stínu minulosti, byl připraven začít znovu. Vídeňská policie jeho totožnost utajila a Erik Smit tak zůstal zapomenut. Klaus se rozhodl zůstat v krásném hlavním městě Rakouska.

Našel si práci v knihkupectví a pronajal si malý byt nedaleko Dunaje. Klaus si svého prostého, klidného života vážil víc než kdykoli předtím. Dlouhé procházky po Vídni mu pomáhaly pročistit neklidnou mysl.

V nedaleké kavárně se Klaus pravidelně setkával s milou starší ženou jménem Greta. Při kávě a štrůdlu mezi nimi vzniklo blízké přátelství. Greta se nevyptávala na Klausovu minulost a brala ho takového, jaký je teď.

Když Greta představila Klausovi svou neteř Mari, umělkyni, probudila se v něm dlouho dřímající naděje. Mariin smích a jasná duše ho okamžitě zaujaly. Viděla ho stejně jako její teta - jemného, tiše moudrého muže.

Klaus si uvědomil, že dostal šanci nechat svou bolestnou minulost nadobro za sebou. Ve Vídni, obklopen krásou a soucitem, začaly tragické vzpomínky na Amsterdam konečně blednout. Čekala ho klidná budoucnost, pokud se odváží ji přijmout.

30. Tajemný vlak

Paulie pomalu otevřel oči. Seděl ve vlaku, ale nepamatoval si, že by do něj nastoupil. Snažil se pročistit si hlavu a třel si ji. Jak se tady ocitl?

Při pohledu z okna viděl jen tmu. Vlak jel rychle noční divočinou. Snažil se zahlédnout domy, silnice nebo značky, ale byla tam jen tma.

Paulie vstal a prošel uličkou. Ve své vlakové části zůstal sám. Podíval se do další části a ta byla také prázdná. Hledal všude, ale nenašel žádné další cestující ani zaměstnance vlaku.

Znepokojený Paulie se vrátil na své místo. Kam ho ten podivný vlak uprostřed noci vezl? Vtom zaslechl tichý zvuk. Na sedadle za ním se probudila nějaká žena.

Paulie se otočil a uviděl, jak se žena probouzí. Zmateně se rozhlédla kolem sebe. Když uviděla Paulieho, ustoupila.

"Kdo jste?" zeptala se. "Kde to jsem?"

Paulie zvedl ruce, aby ukázal, že nechce nikomu ublížit. "Jmenuji se Paulie. Jsem stejně ztracený jako ty. Probudil jsem se tady teprve před chvílí.

Žena se trochu uvolnila, ale stále vypadala nejistě. "Já jsem Chloe. Poslední, co si pamatuji, je, že jsem usnula na gauči. Co se děje?"

Paulie zavrtěl hlavou. "Nejsem si jistý. Vzpomeneš si, jak jsi nastoupil do tohohle vlaku?"

Chloe se snažila vzpomenout, ale nakonec si povzdechla. "Ne, poslední, co vím, je, že jsem usnula doma v Ontariu."

"Jsem z Toronta," řekl Paulie překvapeně. "Vlak jede rychle. Musíme být daleko od domova."

Chloe se zachvěla. "To je šílené. Jsme úplně sami a nevíme, kam jdeme. Žádní dělníci, žádní další cestující..."

Mlčky se dívali do tmy. Venku byla černočerná noc. Nebylo vidět žádné světlo ani nic jiného.

Vlak pokračoval do noci. Paulie a Chloe hledali všude, ale nenašli žádné stopy. Neměli nic jiného na práci, a tak si povídali, aby si ukrátili čas.

Chloe byla hudebnice na cestě na koncert, když se nějakým způsobem ocitla tady. Paulie byl počítačový pracovník, který se vracel domů po skleničce s přáteli. Oba se obávali, že byli uneseni proti své vůli.

Čas plynul a vlak pokračoval bez zastavení. Paulie a Chloe se během nekonečné cesty střídaly v odpočinku. Oba cítili hlad a žízeň.

Nakonec spatřili první světlo východu slunce. Když se rozjasnilo, uviděli velkou červenou poušť. Ze země trčely podivné skalní útvary.

"Tyhle jsou mi povědomé," řekl Paulie a podíval se ven. "Myslím, že bychom mohli být poblíž Tucsonu nebo Albuquerque."

Pak vlak začal zpomalovat. Před námi se objevilo malé městečko. Na ceduli stálo "Chloride, Arizona". Záhadný vlak zastavoval.

Když vůz zastavil, Paulie a Chloe vystoupili. Chlorid vypadal prázdný. Poté, co se bez úspěchu rozhlédli po okolí, šli pro jistotu do staré vlakové kanceláře.

"To byl zvláštní vlak," řekla Chloe udiveně. "Jel celou noc divočinou a přivezl nás do tohoto prázdného města."

Náhlý křik venku je vyděsil. Ke kanceláři se blížili cizí muži se zbraněmi a křičeli: "Ani hnout!" Paulie i Chloe zvedly ruce, vyděšené a velmi zmatené.

Kdo byli ti muži se zbraněmi? Naplánovali tento podivný noční výlet vlakem? A proč přivezli Paulieho a Chloe do tajemného města Chloride?

Paulie a Chloe zůstali stát, když ozbrojení muži vešli do vlakové kanceláře. Několik vyděšených lidí tam bylo také zadrženo.

"Co je to za místo? Proč jsi nás sem přivedl?" Paulie se odvážně zeptal.

Jeden z ozbrojenců se na ně rozzlobeně podíval. "Už žádné otázky. Vy dva se připojíte k ostatním." Postrčil je ke skupině vyděšených lidí poblíž.

Chloe napočítala patnáct dalších lidí, kteří vypadali omámeně a unaveně. Zdálo se, že jsou ze všech společenských vrstev - starší asijský pár, matka se dvěma malými dětmi, dívka ve vysokoškolském věku. Všichni zřejmě také přijeli záhadným vlakem.

Ozbrojenci přinutili skupinu jít po ulici do jiného hotelu. Navzdory strachu byli Paulie a Chloe rádi, že mají vodu a jídlo. Dozvěděli se, že všichni ostatní byli odvezeni z měst po celé Severní Americe, aby vyrostli v tomto podivném městě.

Chlorid se zdál být přísně kontrolovanou skupinou věřících. Ozbrojení muži sledovali každý pohyb. V noci byli vězni zavíráni do malých místností uvnitř bývalého hotelu.

Přes den museli pracovat venku pod horkým sluncem. Všichni na ně mířili zbraněmi. Útěk se zdál nemožný.

Paulie a Chloe si brzy uvědomili, že obyvatelé Chloridu žijí mimo síť, věnují se zemědělství a lovu. Potřebovali však více lidí, aby mohli město rozšířit, a tak zorganizovali únosy.

V noci si vězni šeptem vyprávěli, co ta podivná skupina chce a proč je tam přivedli. Ale jejich mlčenliví strážci jim neodpověděli.

Pak Chloe onemocněla. Odvezli ji do domu laskavé Němky Ingrid, která měla léky. Ingrid pomohla Chloe, která byla její laskavostí překvapena.

Ingrid jim nakonec drsným hlasem řekla pravdu - Chloridovi lidé byli posledními členy skupiny, která si myslela, že se blíží konec světa. Unesli nové lidi, aby pokračovali ve své skupině před "koncem časů".

Chloe spěchala zpátky, aby tuto novinku sdělila Pauliemu. Když už Paulie věděl, co má skupina v plánu, vymyslel riskantní plán. Chtěli utéct z Chloridu a osvobodit ostatní vězně.

Té noci Paulie pošeptal svůj plán ostatním vězňům. Sledoval, jak dozorci postupují, a myslel si, že by mohli utéct, kdyby spolupracovali.

Nejprve museli dostat zpět své věci ze zamčeného pokoje v suterénu hotelu. Chloe si vzpomněla, kde to je.

Starší Asiat, pan Chang, se nabídl, že odvede pozornost. Druhý den, když si ozbrojenci přišli pro pracovní příkazy, se pan Chang náhle chytil za hrudník, upadl a předstíral infarkt.

Zatímco strážní běželi na pomoc, Paulie a Chloe se nepozorovaně vydali do hotelového sklepa. Rychle našli své telefony a další věci.

Poslali policii zprávu SOS a připojili se ke skupině venku. Většina z nich měla svázané ruce a pokračovala v akci. Chloe všem tiše řekla, aby byli připraveni utéct.

Pak se objevil policejní vrtulník, který přiletěl do Chloridu. Paulie a Chloe se na sebe usmáli - přicházela pomoc.

Muži se zbraněmi vykřikli, když spatřili vrtulník. Když se přiblížil dostatečně blízko, Chloe vykřikla: "Utíkejte!" a vězni se rozběhli na všechny strany.

Strážní byli příliš překvapeni, než aby dokázali rychle reagovat. Pronásledovali běžící lidi, ale brzy si uvědomili, že to nemá smysl. Přistál vrtulník a přiletěla policie.

Po výpovědích byli Paulie, Chloe a ostatní osvobozené oběti únosu letecky přepraveni zpět do svých rodných měst. Po podivném zážitku bylo konečně po všem.

Nakonec byli členové sekty Chloride zatčeni za únos díky Paulieho statečnosti a rychlému uvažování. Chloe byla ráda, že se může vrátit ke svému normálnímu životu, ale s Pauliem nyní prožila nezapomenutelný zážitek.

31. Translations

1. Introduction

Hello everyone! My name is Carmen, and I'm a 24-year-old teacher from Albacete, Spain. I've always loved working with children and helping them to learn and grow. After graduating from college, I started teaching English at a local elementary school. I love my job and find great satisfaction in helping my students to succeed. In my free time, I enjoy reading, dancing, and spending time with my family and friends. I'm also passionate about social justice issues and volunteer my time to help refugees and immigrants in my community.

My name is Marco, and I'm a 30-year-old chef from Bergamo, Italy. I've always been passionate about food and love to create delicious and innovative dishes. After graduating from culinary school, I worked in some of the best restaurants in Rome. I'm now the head chef at my own restaurant, where I serve up authentic Italian cuisine with a modern twist. In my spare time, I like to travel and discover new cuisines. I'm also a big fan of soccer and Italian movies.

I'm Lena, I'm 23-years-old, and I'm from Bielefeld. I work as a customer service representative. Besides work, I really like to spend some quality time with my friends and family. We love exploring the city, trying new restaurants, and attending concerts and sporting events. I am also a passionate travel and I have had the opportunity to visit many countries around the world. In October, I am planning to attend the Oktoberfest, a world-famous festival in Munich. I am looking forward to experiencing the Bavarian culture, enjoying traditional food and drinks, and celebrating with people from all over the globe.

Hi there! My name is Maria, and I am a 25-year-old software engineer from Porto Alegre, Brazil. I have always been passionate about technology, and I love using it to solve problems and create new things. In addition to my native language, Portuguese, I am fluent in English and have a basic understanding of Spanish. In my free time, I enjoy hiking, biking, and spending time with my family and friends. Professionally, I work for a startup that develops educational apps for children.

My name is Elena. I live in Baar, Switzerland. I am 28 years old. I speak Swiss German. I went to university to study finance and accounting. After that, I started working at a big Swiss bank as a financial advisor. In my free time, I like to go hiking, biking, and exploring the beautiful Swiss countryside. I also like music and theater. I go to concerts and plays in Zurich. It is a pleasure to meet you!

Hello! My name is Li, and I'm a 32-year-old entrepreneur from Shanghai, China. I was always driven and motivated to become successful. After graduating from college, I started my own company, which specializes in developing and marketing mobile games. My business has been successful, and I'm grateful for the opportunity to work with a talented team of people. In my free time, I enjoy reading, traveling, and spending time with my family. I'm also passionate about giving back to my community, and I volunteer my time to mentor young entrepreneurs.

My name is Pierre, and I'm a 36-year-old graphic designer from Toulouse, France. I've always been creative and have a passion for art and design. I love using my skills to create visually appealing and effective designs that communicate a message. In addition to my native language, French, I'm fluent in English and have a basic understanding of Italian, Russian and Japanese. In my free time, I enjoy photography, skateboarding, and exploring the cultural scene of Paris. Professionally, I work for a design agency that specializes in branding and marketing materials.

2. Family

Greta: I have a small family. My parents are both retired teachers and they live in a small town about an hour away from me. I have a younger brother who is a doctor. He lives in the city with his wife and two kids. I see my parents about once a month and I talk to them on the phone at least once a week. I see my brother and his family less often, but we try to get together at least a few times a year. I am very close to my family. They are my biggest supporters and I know that I can always count on them.

Lukas: I have a large family. My parents have been married for 35 years now and they live in a big house in the suburbs. I have two older brothers and a little sister. My oldest brother is a lawyer, my middle brother is an engineer, and my sister is a nurse. I see my parents and siblings all the time. We live close to each other and we often get together for dinner or just to hang out. I am very grateful for my family. They are my best friends and I love them very much.

Steffanie: I have a blended family. My parents had gotten divorced when I was younger, and then they both had remarried. I have two step-parents and three step-siblings. I live with my mom. My dad and his wife live in another state. I see my dad and his family every summer and during the holidays.

David: I am an only child. My parents are both divorced and I live with my mom. I see my dad on the weekends and during the holidays. I also have a close relationship with my grandparents and my aunts and uncles.

Emma: I have a very diverse family. My mom is from China and my dad is from the United States. I grew up speaking both English and Mandarin Chinese. I am very proud of my heritage and I love learning about both Chinese and American culture.

Hannah: I have an adoptive family. When I was a baby, I was adopted. My parents are both teachers and they have one biological son. I am very close to my adoptive parents and my brother. I love spending time with them and I know that they love me.

Michael: I have a military family. My dad is in the Army and my mom is a stay-at-home mom. I have two younger sisters. We have moved a lot over the years because of my dad's job, but we have always stayed close. I love spending time with my family and I know that they love me. I am very proud of my dad and I am grateful for the sacrifices that he has made for our country.

Julia: I have a multi-generational family. I live with my parents, my grandparents, and my aunt and uncle. I am very close to all of my family members. I love spending time with them and I know that they love me. I am very grateful for my family. They are my biggest supporters and I know that I can always count on them.

3. Daily routine

Hi, I'm Laura. I wake up at six o'clock in the morning and get ready for school. I eat a quick breakfast of oatmeal and fruit, and then I brush my teeth and comb my hair. I walk to school with my friend, and we talk about all the things we're going to learn that day. I love school, and I'm especially interested in science and math. In the morning, we have math, science, and literature. In the afternoon, we have history, social studies, and art. At lunch, I eat with my friends and we talk about everything that's going on in our lives. We also talk about climate change, because it's something that we're all passionate about When I get home from school, I usually do my housework right away. I also try to make time for my hobbies, like playing the piano and reading. In the evening, I have dinner with my family. After dinner, I may watch a movie or play games. I usually go to sleep around 9 in the evening.

Hello, I'm Greta. I wake up at seven o'clock and get ready for university. I eat a quick breakfast of yogurt and granola, and then I brush my teeth and comb my hair. I walk to the bus stop with my roommate, and we talk about all the things we're going to learn in our lectures that day. I love university, and I'm especially interested in psychology. In the morning, I have two psychology lectures: one on cognitive psychology and the other on developmental psychology. In the afternoon, I have a research methods seminar and a statistics tutorial. At lunch, I eat with my friends and we talk about our classes, as well as our plans for the weekend. We also talk about current events and social issues, such as mental health and climate change. After university, I go home and have a snack. Then, I start working on my assignments. I also try to make time for my hobbies, such as reading and writing. In the evening, I have dinner with my roommates. After dinner, we may watch a movie, play games, or just relax and chat. I go to bed at midnight.

I'm Michael, a 30-year-old software engineer. I wake up at eight o'clock and get ready for work. I eat a quick breakfast of cereal and milk, and then I brush my teeth and comb my hair. I drive to work, and I usually listen to music or a podcast on the way. I enjoy my commute because it gives me a chance to relax and clear my head before I start my day. When I get to work, I check my email and calendar to see what I have on my plate for the day. Then, I usually start working on my most important task. I work as a software engineer, so my job is to develop and maintain software applications. I enjoy my job because it's challenging and rewarding. At lunch, I usually eat with my coworkers. We talk about everything from our work to our personal lives. I continue working on my assigned tasks after lunch. I usually have a lot of work to do, but I try to take breaks throughout the day to get up and move around, or to clear my head and come back to my work. After work, I go to the gym I want to stay in shape and I just like to work out. Then, I go home and cook dinner. In the evening, I may watch a movie, read a book, or play video games.

4. What I eat in a day

For breakfast, I typically have Greek yogurt with fresh berries and granola, accompanied by whole grain toast topped with creamy avocado. I enjoy a cup of hot black coffee to start my day. At lunchtime, I opt for a salad with leafy greens, cherry tomatoes, grilled chicken, and various crunchy vegetables. For dinner, I often prepare grilled salmon marinated in a mix of herbs and spices, and I pair it with broccoli. It's a nutritious and satisfying way to end the day.

My morning routine consists of steel-cut oats topped with banana slices, a bit of almond butter, and honey. Then, I have a green smoothie made with spinach, pineapple, and coconut water, providing a burst of nutrition and energy to kickstart the day. For lunch, I usually have roasted vegetables, chickpeas, and a touch of feta cheese in a bowl, drizzled with a lemon tahini dressing for flavor. As for dinner, I often prepare a hearty vegetable stir-fry with colorful bell peppers, snow peas, tofu, and a spicy sauce. I serve it over brown rice for a healthy and flavorful meal.

A usual breakfast for me involves scrambled eggs mixed with sautéed veggies, served with whole-grain toast on the side. I also have a glass of freshly squeezed orange juice, creating a nutritious and satisfying morning meal. Sometimes for lunch, I opt for a turkey and avocado wrap made with whole-grain tortillas. I pair it with mixed fruit and iced herbal tea for a balanced and energizing lunch. Another dinner choice I like is lentil soup, full of vegetables and aromatic spices. I have it with a mixed greens salad and a crusty whole-grain roll, creating a nourishing and delicious dinner. On occasion, I make spaghetti Bolognese using whole-grain pasta, lean ground turkey, and a vegetable-loaded tomato sauce. A side of garlic sautéed spinach completes this hearty and satisfying dinner, leaving me content and nourished.

Today, my colleagues and I went out for lunch in the city. We left our workplace and walked to a nearby restaurant. The restaurant had many food options. I chose a sandwich with turkey and vegetables. My colleague chose a salad with chicken. Another colleague ordered sushi. We also had some drinks like water and juice.

Yesterday, I had an important business dinner meeting. It was at a nice restaurant in the city. My colleagues and I gathered to discuss work. We started with a polite greeting and introduced ourselves. The waiter brought us menus. I chose grilled chicken with vegetables for the main course. Others ordered different dishes. During the dinner, we discussed our projects and shared ideas. It was a productive and enjoyable meeting.

When going on a date at a restaurant, I like to order simple and tasty dishes. For a starter, a fresh salad or a bowl of soup is a good choice. As the main course, I often choose grilled chicken or fish with some vegetables on the side. These dishes are not too complicated and taste delicious. I always make sure to ask my date about their preferences and allergies before ordering. It's nice to share a dessert at the end of the meal, like a scoop of ice cream or a slice of cake. This way, we both enjoy a sweet ending to the date.

5. Solo road-trip

Last week, I decided to take a solo road trip. I had some free days and wanted an adventure.

I rented a small blue Toyota car at the airport in Madrid on Monday morning. I was nervous to drive such a long way alone, but also excited. My plan was to drive north and explore small towns along the coast.

The first day I drove for 5 hours until I reached a nice hotel in Gijon. Early the next morning I had a walk around this little town. I saw the beach, old buildings, and ate fresh fish at a restaurant.

On the second day, I continued driving north. The freeway went through beautiful mountains and green valleys. I stopped halfway in Santillana del Mar. This was a very old village. I visited a museum to learn the history. I also saw many nice churches there.

That night, I stayed at a small hotel in Santillana del Mar. In the morning, I walked through the quiet, cobbled streets. I bought some postcards to send to my friends back home.

On the third day, I arrived in San Sebastian. This city was right next to the ocean, with a lovely beach and harbor. I rented a bicycle and rode along the waterfront. I saw people fishing from the pier. That evening, I found a nice tapas bar to try different Spanish foods like ham, cheese, and fried squid.

The next day was my last before returning home. I drove back inland through the countryside. The landscapes were so beautiful, with green hills and farms everywhere.

I stopped in Burgos to see the famous cathedral there. It was enormous, with two tall spires. The inside was impressive too, with stained glass windows.

That night I stayed in an old hotel in Burgos. The next morning, I walked through the pedestrian streets. I did some shopping and bought gifts to bring home.

After lunch, I began the long drive back to Madrid. I was tired, but so happy I took this trip. Driving through Spain and seeing the gorgeous countryside was an amazing experience.

I learned that I really enjoy traveling independently. Stopping wherever I want and making my own schedule is very freeing.

I can't wait to take another solo road trip someday soon. Maybe I will drive along the Mediterranean coast, or explore more of northern Spain. The options are endless!

6. Train trip

Last month, my friends and I took an amazing spontaneous trip around Italy by train. It was so much fun exploring different cities together.

One Friday morning, my friend Maria called me with the idea. She said "Let's take a train trip through Italy this weekend! We can pack our bags tonight and leave tomorrow." I was excited to go on an adventure with her and our other friends.

The next morning, the five of us met at the Roma Termini train station. We bought tickets for the next high-speed train to Florence. The train ride was only 90 minutes through beautiful countryside.

In Florence, we stayed at a small hotel in the city center. We spent the day walking around and seeing famous sights like the Duomo cathedral with its red dome. We also ate delicious Italian food like pizza, pasta, and gelato!

On Sunday morning, we browsed the huge San Lorenzo market. I bought a pretty pink leather handbag. Then we caught an early train to Venice. The trip took 2 hours. I gazed out the window at all the tiny towns we passed.

When we arrived in Venice, we took a water taxi down the Grand Canal to our hotel near St. Mark's Square. This city was so unique, with water instead of streets! We spent the afternoon wandering narrow alleys and browsing little shops.

That night, we found a restaurant overlooking a small canal. We ate amazing seafood pasta and laughed about our adventures so far. I had so much fun with my friends.

In the morning, we took a day trip to the nearby islands of Murano and Burano. On Murano, we watched a glass blowing demonstration. The colours were beautiful. Burano was a cute fishing village with brightly painted houses along the water.

After we returned to Venice, it was time to continue our journey. We took an overnight train back down to Naples. On the train, we shared a compartment and I slept pretty well.

We only had one day left, so we tried to see as much of Naples as possible. We visited the National Archaeological Museum and saw ancient Roman artifacts. For lunch, we ate delicious, huge pizzas!

That evening, we walked down to the waterfront to see the sunset over the sea. It was a beautiful ending to our quick but amazing trip through Italy. We shared hugs and promised to take another spontaneously trip together soon!

The next morning, we boarded trains back home. I was sad to leave Italy, but so grateful for the memories with my friends. I can't wait for our next adventure!

7. Taking a ferry

Anna gazed out the airplane window as it landed in beautiful Athens, Greece. She was so excited to spend two weeks here on summer vacation with her boyfriend Erik. She had been dating Erik for over a year, and this was their first big trip together.

Anna and Erik were both from Sweden. They met at university in Stockholm, where Erik was studying to become an architect and Anna was training to be a teacher. It was love at first sight!

Erik planned this holiday to Greece as a romantic surprise for Anna's birthday. She had always dreamed of visiting the Greek islands. As the plane touched down, Erik squeezed Anna's hand and said, "I can't wait to explore Greece with you!" Anna felt so happy to have such a thoughtful boyfriend.

The couple took a ferry from Athens to the island of Santorini. When they arrived at the small, cliffside village where they were staying, they were amazed by the beautiful blue and white buildings overlooking the sea. "It's like a postcard!" said Anna.

Their hotel room had a balcony with an incredible view of the ocean. That evening, Erik took Anna to dinner at a restaurant next to the water. They dined on fresh Greek salad, fish, and wine as the sun set.

The next morning, they woke up early to hike along the rim of the volcanic crater in the center of Santorini. It was an incredible sight! After the hike, they relaxed at a secluded beach with red sand. The water was crystal clear and pleasantly warm.

That night, Erik planned a romantic surprise for Anna's birthday. He took her on a private boat tour of the island. They sailed to a small bay where he had arranged a candlelit dinner on the beach, complete with bouzouki music and roses.

After eating, Erik led Anna closer to the water. Under the starry sky, he got down on one knee and proposed! Anna joyfully said yes, and they shared a long kiss. She couldn't believe this perfect Greek island proposal!

The newly engaged couple continued their idyllic holiday. They sailed to the island of Mykonos and danced at an all-night beach party. They hiked through ancient ruins on Delos island. On their last day, they watched a breathtaking sunset from the cliffs of Oia.

When it was time to fly back to Sweden, Anna didn't want to leave Greece. The trip had been absolutely magical! She and Erik made plans to return for their honeymoon.

On the flight home, Anna leaned her head on Erik's shoulder. "This was the most romantic holiday I could have ever imagined," she said happily. Erik smiled and gave his new fiancée a kiss. They both couldn't wait to come back to Greece again someday!

8. Air travel

My boyfriend Pierre and I just got back from the most amazing trip to Punta Cana! I had never been to the Dominican Republic before, so I was really excited to spend a week at the beach there.

We took the train to Charles de Gaulle airport on a Saturday morning. I was a bit nervous about such a long flight, but having Pierre with me made me feel better.

Our Air France flight was 10 hours to Punta Cana! Pierre held my hand during take-off. The flight attendants gave us dinner, snacks, and breakfast. They were very nice. I watched movies and tried to sleep. Pierre just read his book the whole time.

When we landed in Punta Cana, the first thing we noticed was the heat! It was 32 degrees Celsius. A man with a sign for our resort drove us there. The drive was 40 minutes through small villages and palm trees to our hotel on the beach.

When we arrived at the resort, we couldn't believe how amazing it was! Our room was in a small bungalow right on the sand with a private pool The beach was of white sand and had clear blue water. Pierre ordered us cocktails to enjoy in the pool.

The next six days flew by quickly. Pierre and I relaxed on the beach, swam in the ocean, read books, and went on walks. The resort had lots of fun activities like dance classes, Spanish lessons, and yoga on the beach.

Some days we took the free shuttle to the main part of Punta Cana. We strolled through local markets and bought souvenirs. My favorite purchase was a beautiful painting of tropical fish from a local artist.

The food at the resort was excellent. For breakfast they had a huge buffet of fresh fruits, breads, crepes, omelets and more. For dinner we went to the gourmet restaurants. Pierre loves seafood, so he was very happy!

On our last night, we watched the sunset on the beach while drinking champagne. It was the perfect romantic evening. We were sad to leave the next day, but we have so many special memories from the trip.

The flight back to Paris seemed very short. We talked the whole time about our plans to come back again next year and stay for two weeks!

This was my first big trip with Pierre. I'm so happy we decided to visit Punta Cana. I think exploring new places together has brought us even closer. I can't wait to travel the world with Pierre and make even more wonderful memories.

9. Staying at a hotel

I made a reservation at a hotel for my stay. The booking process was straightforward, and I received a confirmation for my reservation. Upon arrival, I went to the reception desk to check-in. The hotel staff was friendly and efficient, and they provided me with the necessary information about my stay.

After completing the check-in process, I proceeded to my assigned room. The room was clean and well-organized, and I settled in comfortably. During my stay, I went to the hotel's dining area for breakfast. The breakfast options were varied, and I enjoyed a satisfying meal to start my day.

When it was time to check out, I visited the reception desk to settle my bill. The hotel staff provided a detailed invoice, and the check-out process was quick and hassle-free. I returned my room key and thanked the staff for their hospitality during my stay.

Overall, my experience staying at the hotel was pleasant. The accommodation was comfortable, and the hotel staff were courteous and attentive. The simple and efficient procedures for booking, checking-in, enjoying meals, and checking out made my stay convenient and enjoyable.

10. Excursion to the Amazon

I was very excited as the plane flew down to land on a short dirt runway in the middle of the Amazon rainforest. I looked out the window at all the green trees that went on as far as I could see.

After months of waiting, I was here at last! I was going on an adventure to this famous place I had dreamed of seeing my whole life.

When I got off the plane, the hot, damp air wrapped around me like a blanket. Our guide Miguel smiled and greeted us. His brown skin and rough hands showed he lived a simple life near this wild jungle. We got in an open jeep and drove down bumpy paths into the trees. I heard strange animal noises all around. I looked closely at the plants, hoping to see shy creatures.

After an hour on winding trails, we arrived at small huts up on stilts. This would be our home for two weeks! Miguel said. We were far from any roads or towns here. I would learn a lot about nature by living so closely with it.

We did not even unpack our bags before Miguel took us on a hike. The trail was wet and slippery. Twisted roots tried to trip us. Mosquitos buzzed loudly near our ears. But I was thrilled to be surrounded by such unknown wonders. Bright birds flew over us as monkeys looked down from the treetops.

Later we paddled simple dugout canoes on the river. Miguel pointed to lazy caimans sunbathing on the banks. At dusk he showed us a pond with giant lily pads. Their huge white flowers were opening for the night. They glowed in the fading light.

Over the next week Miguel led us deeper into the forests, fields, and swamps. Each day was a new marvel. I watched river dolphins playfully jumping and spinning. Loud monkeys scolded us when we came near their breakfast. Once we even saw a boa snake coiled around a branch, full from its recent meal.

When we were not hiking with Miguel, we could explore on our own. I wandered with my notebook, writing down all the amazing things I saw. Huge tree roots lined the riverbanks like pillars. Bright blue butterflies danced in the sunbeams. Palm leaves scratched together in the breeze with whispering sounds.

One morning Miguel took us fishing at a hidden pond. As we paddled quietly through the mist, I felt at peace in this primal place. Miguel laughed loudly when I caught a huge arapaima fish. It thrashed wildly, its red tongue sticking out. We ate it for dinner later - the smoky meat was very tasty.

Some days big storms would come, turning the sky an angry purple. Deafening thunder booms sent us running to our huts where we waited for the hard rains to end. After the storm, steam rose from the damp ground which smelled fresh and clean.

Near the end, we traveled by motorboat to visit the Yanomami people. They welcomed us to their large communal hut where we saw families working and children playing. In the smoky hut, their chief spoke of their history and customs in his language as Miguel translated. We asked questions and they honored us with a traditional dance. I was very moved to connect with these people so tied to nature and tradition.

On our last night, Miguel said we should sleep in hammocks outdoors. We strung up our hammocks between trees and cooked over the fire, listening to night noises all around. When it was fully dark, Miguel took us on a night walk. Moving quietly with dim flashlights, we saw the red eyes of caiman, huge tarantulas hunting, coatis raiding a nest, and even a shy kinkajou in the treetops. It felt like uncovering buried treasure.

As I finally climbed into my hammock, the sky was dotted with stars. Their light mixed with fireflies flickering everywhere. Looking up through the leaves, I felt part of the Amazon's heartbeat. This powerful, ancient place spoke to me in ways I could not describe. As I fell asleep, I knew I would hold this experience in my heart forever.

In the morning we packed our bags, not ready to leave this magical world. As the jeep bounced down the muddy path away from our hut, I looked back at the jungle disappearing from sight. Though I was going back to the modern world, my heart was still full of wonder and secrets left to uncover. I made a quiet promise to myself - I would return one day to this enchanted place that felt like home. The Amazon had seeped into my spirit and made me its own.

11. Clothes

Hi, I'm David. I usually wear tailored trousers that fit snugly around my waist and legs. These trousers are often accompanied by a button-down shirt in different colors and patterns, usually with long sleeves. Over this, I put on a blazer or jacket that fits well, which makes me look neat and tidy. I always wear socks and sturdy shoes, which are comfortable and complete my outfit.

Accessories are important, so I wear a simple leather belt to hold up my trousers. I sometimes wear a tie to make my outfit more formal. In cold weather, I wear a coat or overcoat to stay warm and dry.

For more relaxed occasions, I prefer to dress casually. I wear denim jeans, often in a straight or slim fit, with a comfortable t-shirt or a casual shirt. I usually wear sneakers or loafers, which are both stylish and comfortable.

When I am outdoors or doing exercise, I wear sportswear. Athletic shorts or sweatpants with a t-shirt that wicks away moisture and sports shoes give me the flexibility and comfort I need.

For formal events, I wear a crisp dress shirt and trousers, with a tailored suit jacket and a tie. Polished dress shoes are essential to complete the formal look.

When I am relaxing, I wear loungewear. Comfortable lounging pants and a loose-fitting t-shirt or hoodie are perfect for winding down.

For a good night's sleep, I wear pajamas made of soft fabric, which are comfortable. I sometimes wear a robe to stay warm. I

***

Hi, I'm Clara. I wear a variety of outfits every day. I often wear dresses or skirts, with blouses or tops. Dresses can be casual sundresses or formal evening gowns. Tops can have different sleeve lengths and necklines.

I wear undergarments such as bras and panties to support and cover my body. I often wear stockings or leggings under skirts and dresses for extra coverage or warmth. I wear different types of shoes, such as flats, heels, boots, and sandals, depending on the occasion and outfit.

Accessories are important to me, so I wear jewelry such as earrings, necklaces, and bracelets. I also wear scarves and belts to make my outfits look better and to finish them off.

In cold weather, I wear sweaters, jackets, or coats to stay warm and stylish. Sweaters can be cardigans, pullovers, or turtlenecks. Jackets can be denim jackets, leather jackets, or tailored blazers.

For more relaxed occasions, I wear casual clothes. This includes jeans, t-shirts, or blouses, with sneakers, flats, or comfortable sandals. I also wear hoodies and sweatpants on lazy days.

When I go to the gym or do sports, I wear activewear. This usually includes leggings, sports bras, tank tops, and athletic shoes that are designed to be comfortable and allow me to move freely.

When I go to bed, I wear pajamas made of soft fabric, nightgowns, or sleep shirts to be comfortable. I often wear slippers or cozy socks with them to stay warm and comfortable.

12. Looking for a job

To secure a new job, I initiate the process by searching for job openings on various platforms, including online job boards, company websites, and local advertisements. After identifying a potential job opportunity, I meticulously complete a job application, which involves providing personal details, educational background, work experience, and references.

Once I submit my application, I eagerly await a response. If the employer finds my application promising, they may invite me for an interview. This crucial step in the hiring process allows the employer to assess my qualifications, skills, and suitability for the job. During the interview, I answer the interviewer's questions, providing examples from my previous work experiences to demonstrate my abilities.

After the interview, I patiently await the employer's decision. If I am fortunate and offered the job, I carefully review the job offer, considering aspects such as salary, benefits, and work hours. If the terms are agreeable, I accept the offer and prepare for my first day on the job.

In preparation for the first day, I ensure I have appropriate attire and necessary documents, such as identification and relevant certifications. On my first day, I arrive punctually and engage in orientation sessions, where I learn about company policies, procedures, and expectations. Throughout my employment, I adhere to the company's guidelines and work diligently to fulfill my role and contribute positively to the organization.

13. At work

In my office job, I primarily use a computer to complete tasks. I regularly work on documents, spreadsheets, and presentations using software like spreadsheets and text editors. Email is a significant means of communication, and I often compose, send, and receive emails to coordinate with colleagues and clients. I utilize a keyboard and mouse to navigate and interact with the computer.

Files are saved on the computer or a network drive. I sometimes print documents using a printer, and I handle scanning tasks as needed. Meetings are scheduled using calendar applications, and I attend virtual or in-person meetings to discuss projects and updates. During these meetings, I participate by speaking and listening to colleagues and supervisors.

I collaborate with coworkers on various projects, sharing ideas and working together to achieve common goals. Occasionally, I conduct research on the internet to gather information relevant to my tasks. I also create and maintain databases to organize and manage data efficiently.

In my role, I handle administrative duties, including organizing and sorting paperwork, maintaining records, and managing office supplies. I answer phone calls, providing assistance or directing them to the appropriate person. Moreover, I assist in organizing events or workshops, coordinating logistics and communicating details to participants.

Throughout the day, I organize my tasks and prioritize them based on deadlines and importance. I maintain professionalism in my interactions with coworkers and clients, ensuring effective and respectful communication in the workplace. Overall, my office job involves using a computer extensively to perform a range of tasks necessary for the smooth functioning of the office.

14. Language course

I always wanted to learn Portuguese. The idea fascinated me for years. So, when I finally got enrolled in a summer course in Porto, I was thrilled. I rented a small apartment, met new friends, and began my learning journey.

The course was intensive. Every morning, I attended classes where we learned basic phrases, grammar rules, and practiced simple dialogues. The teacher was patient and encouraging, which helped boost my confidence. I met fellow learners from various parts of the world, all with the same goal - to master Portuguese.

In the afternoons, we explored the charming streets of Porto. I would go to the local market, pointing and using simple phrases to buy fresh produce. Conversing with the vendors was challenging but exhilarating. The people were friendly and appreciative of my efforts to communicate in their language.

In the evenings, I practiced with my newfound friends. We would gather in my apartment or at a local café, exchanging stories and attempting to speak Portuguese. It was amazing to see how much we had learned in just a few weeks. We encouraged each other, correcting mistakes and celebrating small victories.

As the summer went by, I felt more comfortable using Portuguese in everyday situations. I could ask for directions, order food, and even have basic conversations with the locals. The feeling of being able to communicate in a new language was incredibly rewarding.

By the end of the course, I had achieved a basic understanding of Portuguese at the A1 level. It was just the beginning of my language learning journey, but the experience in Porto was invaluable. I left with a newfound appreciation for the beauty of the Portuguese language and the culture it represents. I knew that I would continue my studies and strive to reach higher levels of proficiency.

15. My first day at school

It was a cool morning when I went on my first day of school. I was nervous but also excited. As I walked to the bus in the early morning, I saw the familiar yellow bus that would take me to my new school.

I got on and saw the new faces of the other students. Some were talkative, telling stories about their summer break. Others were more quiet, just looking out the window as we drove along. After a short ride, we arrived at the big building that would be my new school.

With nervous breaths, I went inside the busy halls, trying to find my classroom. The halls were full of kids catching up after a long vacation. Eventually I found my homeroom class and sat down. Our teacher then started handing out papers about what we would learn this term.

When break time came, I was able to meet some of my new classmates on the playground. I went up to some friendly looking kids and introduced myself. We quickly became friendly, talking about things we liked and wanted to do. I could already tell some of these meetings would become good friendships.

By the time the last bell rang, I felt overwhelmed with new things but also used to my new school. As I told my family about my day at dinner that night, I knew this was just the start of a new learning and social experience. I fell asleep that night excited for what new things and friends school would bring.

16. Summers on the farm

When I was young, I used to spend my summers with my uncle and aunt on their farm in the countryside. In the early mornings, my aunt would wake me up and we'd eat breakfast together. After eating, I'd help my uncle feed the animals like cows, chickens, and horses. It was fun giving them food and petting them.

During the day I explored the fields and woods around the farm. I watched birds in the trees and fished for trout in the creek. When I got hot and tired, I'd sit in the shade of a big oak tree and read comic books I had brought from home.

My aunt made delicious lunches from food they grew on the farm. We ate things like fresh vegetables, homemade bread, and fruit pies. In the afternoons, my uncle taught me to ride horses. At first I was scared but soon I loved riding through the countryside. We had to stop before dinner to wash up.

In the evenings, we ate big family dinners outside on the porch. After eating, I liked catching fireflies in the dark fields. My uncle told funny stories that made me laugh. Before bed, my aunt read me books as I fell asleep, tired from the fun day.

On rainy days when we couldn't be outside, my aunt taught me how to bake in the warm kitchen. We made cookies and cakes and invited neighbors over to enjoy them. Even with bad weather, I always found fun things to do.

I looked forward to summertime all year long. Spending time on the farm with my aunt and uncle made childhood memories I'll never forget. I was always sad when summer ended and I had to leave.

17. Local elections

In a small city in Chile, local politics were heating up as the mayoral race for reelection started. The current mayor was caught in a web of corruption, leading to a rapid downfall in his popularity and the eventual loss of his position.

The mayoral race began with the incumbent mayor, Miguel González, announcing his intention to seek reelection. He had been in office for two terms and hoped to secure another mandate from the voters. However, rumors of corruption had started to circulate within the community.

Opposing Miguel was a determined challenger, Elena López, a young and passionate politician with a strong voters following. She promised to clean up the city's administration and restore faith in local governance, appealing to a broad cross-section of the population.

As the campaign gained momentum, allegations against Miguel González intensified. Accusations of embezzlement, favoritism, and illicit financial dealings marred his reputation. The community was divided, with some supporting him, while others seeking a change.

Local debates showcased the contrasting ideologies of the candidates. Miguel relied on his experience and claimed credit for past achievements in the city, while Elena focused on transparency and accountability in government. The citizens were watching, weighing their options carefully.

The media played a crucial role in exposing the corruption allegations against Miguel. Investigative reports revealed questionable financial transactions and connections to local businesses that cast a shadow over his integrity. Public opinion began to sway against him, and support for Elena surged.

In the final weeks leading up to the election, tensions were palpable. Accusations and counter-accusations flew between the two camps. Miguel, feeling the pressure, launched a last-ditch effort to salvage his reputation. He vehemently denied the allegations, attributing them to a political smear campaign orchestrated by his opponents.

On Election Day, the city turned out to vote in record numbers. The air was thick with anticipation as the ballots were cast and counted. The results were a clear indication of the public sentiment. Elena López emerged victorious, securing the mayoral seat and a chance to bring about the change she had promised.

Miguel González, once a powerful figure in the city's politics, was forced to step down, his career irreversibly tarnished by the corruption scandal. The community now looked to Elena to fulfill her promises and lead the city towards a new era of openness, trust, and progress.

18. Military coup

In a country in Asia, a sudden military coup unfolded. The country's government was overthrown by the military forces. Tensions had been building for a while, and the coup marked a turning point in the nation's history.

The coup began early in the morning. Military troops took control of key government buildings and strategic locations across the capital city. The aim was to seize power and remove the existing government from authority.

The government, taken by surprise, struggled to respond effectively. The coup leaders declared a state of emergency and announced that they were in charge. They claimed their actions were necessary to restore stability and order to the nation.

The international community watched closely, urging for a peaceful resolution and a return to democratic governance. Many nations condemned the coup and called for a swift return to civilian rule.

Amidst the turmoil, civilians took to the streets in protest, demanding the return of their democratically elected leaders. They faced a strong military presence and were met with force, leading to a tense and dangerous situation.

The coup leaders attempted to consolidate their power and legitimize their actions, promising a new government and reforms. However, the legitimacy of their claims was widely disputed both within the country and internationally.

As days passed, the situation remained volatile. The coup leaders faced resistance from various factions, including political groups, activists, and ordinary citizens. The nation was divided between those supporting the military's actions and those calling for a return to democracy.

The coup leaders sought to gain support from different segments of the population, trying to show that their actions were for the greater good. Meanwhile, the international community continued to pressure them to step down and allow for a peaceful transition of power.

Efforts for mediation were initiated, aiming to facilitate a dialogue between the coup leaders and representatives of the ousted government. The goal was to find a compromise that would allow the nation to move forward and rebuild after the turbulent events.

In the midst of uncertainty and tension, the country's future remained unclear. The path to stability and the resolution of the crisis hinged on the willingness of all parties involved to engage in meaningful dialogue and seek a peaceful resolution for the sake of the nation and its people.

19. Sensational drug bust

Javier was feeling on top of the world as the cargo ship entered Irish waters. He had orchestrated yet another successful shipment of cocaine from Colombia to Europe. Like many ambitious young men in his hometown of Medellin, Javier fell into the drug trade as a way to make fast money. He started out as a low-level courier but swiftly climbed the ranks to become a top lieutenant for the cartel.

Javier took great pride in his logistical skills. While other traffickers relied on speedboats and crude semi-submersibles, he preferred using container ships to avoid detection. He would coordinate with corrupt port officials to load tones of cocaine into shipping containers marked as carrying legitimate goods like coffee or bananas. An expert in counter-surveillance, Javier knew how to quietly move the drugs from the lab in the jungles via truck to the docks under the cover of night.

For this latest shipment, Javier lined up a rusty old Panamanian-flagged cargo vessel to sail from Buenaventura to Dublin. He greased the palms of customs inspectors at both ends to ensure no scrutiny of the special coffee containers. The voyage itself went smoothly across the Atlantic. As the ship entered Irish territorial waters on Monday morning, Javier tracked its progress anxiously but with satisfaction from a safe house outside Dublin. He made preparations to offload the cocaine upon arrival and distribute it to his network of dealers in Ireland and the UK.

By Monday evening, the vessel had docked at the port. Javier assembled his trusted henchmen to oversee the unloading of the drugs. He strictly instructed them to be discreet and attract no attention while moving the containers to a warehouse he had rented as a staging area. But suddenly, Javier's phone blew up with panicked calls from his men at the docks - the Irish coast guard had descended on the docked ship to conduct a surprise inspection!

Javier's heart sank as he received photos of coast guard officers with sniffer dogs swarming the cargo containers. There was no way the massive cocaine stash could avoid detection. Javier desperately tried to contact his mole in the port authority to intervene, but it was too late. Within an hour, Irish police arrived at the docks and arrested Javier's men as they opened a container packed with 300 kilos of high-purity cocaine.

The police confiscated the entire multi-million dollar shipment. Javier knew his Cartel bosses back in Medellin would be absolutely furious with this catastrophic loss of product and revenue. His reputation as a top logistics expert was shattered. He would be held responsible for the debacle and might even face retaliation. Javier contemplated fleeing Ireland immediately. But he knew the Cartel had a long reach and running was futile.

By morning, the sensational drug bust was making international headlines. Javier's face was soon plastered across the Irish tabloids as the alleged mastermind. He was identified and arrested within 48 hours at a motel near the airport where he had holed up in desperation. As Javier was hauled into the police station, he realized his drug trafficking career was over for good. The ambitious cartel lieutenant who had risen meteorically would now spend decades behind bars as Irish and European authorities prosecuted him ruthlessly for the failed smuggling operation.

20. My hobbies

Playing piano is one of my greatest passions. I started taking lessons when I was 6 years old and instantly fell in love with it. Now, many years later, I still play for at least an hour every day. I have a beautiful grand piano in my living room that I enjoy playing everything from classical sonatas to pop songs on. Practicing helps me relax after a long day. On weekends, I occasionally perform at local cafes or charity events. Though I get nervous before concerts, bringing joy to others through music is extremely rewarding. I hope to keep developing my piano skills for the rest of my life.

Socializing with friends brings me so much happiness. I try to get together with my closest pals every weekend if possible, whether going out to dinner, seeing a show, or just relaxing at home. Deep conversations over a bottle of wine are my favorite. I also enjoy larger gatherings like dinner parties where I can meet new people while catching up with old friends. Spending quality time with my social circle gives me energy and motivation to take on each week. Their companionship through life's ups and downs is priceless.

Of all my passions, travel is the most exhilarating. Exploring new places and immersing myself in foreign cultures amazes me every time. My next big trip will be to Ibiza, which I'm extremely excited for. I plan to soak up the sunshine on gorgeous beaches by day, then experience the famous nightlife after dark. The local Spanish cuisine is also high on my must-try list. Though I'll miss my piano while away, focusing on journeying to a new land will be thrilling. The opportunities to meet fellow travelers from around the globe are endless. After I return, I'll get together with friends to swap stories about my adventures.

Gardening is a relaxing hobby I've come to love. I have a small garden behind my home where I grow vegetables like tomatoes, carrots and cucumbers. Digging in the dirt to plant seeds and pulling fresh produce from the ground brings me joy. I also have flowering plants like roses and tulips that I enjoy cutting and placing around my house. Just being outside getting my hands dirty helps me clear my mind after busy days. I look forward to watching my garden grow and change through the seasons for years to come.

Cooking homemade meals is another favorite daily activity. After work, I unwind by chopping vegetables and simmering sauces on the stove. Trying new recipes from different cuisines keeps cooking exciting. Italian and Indian foods are two of my go-to choices. But I also love experimenting and creating my own dishes. Cooking with fresh ingredients is not only rewarding, but also helps me maintain a healthy lifestyle. Sharing delicious food I've made myself with friends and family is the best.

21. Dutch spy

Hans was a spy for the Dutch government. His latest mission brought him all the way from Amsterdam to the jungles of Peru. He was investigating a secret gold mine hidden there.

The illegal mine was deep in the Amazon rainforest. A criminal gang used it to steal gold and smuggle it out of the country. Hans' job was to find the mine and gather evidence against the criminals.

When Hans arrived in Lima, he met with other agents at the Dutch embassy. They gave him supplies for his mission like a map, camping gear, and a camera. Then Hans boarded a small propeller plane to fly east into the jungle.

The pilot dropped Hans off at a muddy airstrip next to a fast-flowing river. He carried his backpack carefully down the slippery trail towards the mining region marked on his map.

It was incredibly hot and humid in the jungle. Strange birds sang in the tall trees around Hans. Colorful butterflies and insects flew through the air. Hans applied bug spray to keep the mosquitoes away.

He hiked all day, stopping occasionally to drink water or eat an energy bar. At night, Hans made camp and zipped himself into his tent. He heard animals scurrying outside in the darkness.

The next morning, Hans reached the area where the mine was rumored to be. He searched carefully around the landscape, looking for any signs of mining activity.

Around midday, Hans heard machinery noises in the distance through the trees. Following the sound, he came upon a wide clearing cut through the jungle.

In the clearing was a large shed made of metal. Next to it were several trucks loaded with big bags labeled 'Gold Ore'. Jackpot! This had to be the gang's secret mine.

Moving silently, Hans snuck as close as he could to take photos of the illegal mining operation. He saw men in hard hats working mechanized drills pulling gold from the ground.

Just as Hans clicked his camera, he felt a hand roughly grab his shoulder from behind. “Hey you!” yelled one of the criminal’s guards in Spanish, “What are you doing snooping around here?”

Hans tried to escape, but two more guards appeared and seized him. They took away his camera and backpack and dragged him into the metal shed.

Inside, they tied Hans to a chair and interrogated him under a hanging lightbulb. “I’m just a lost tourist!” he lied, “I was hiking and got very lost. Please, let me go!”

The guards laughed at Hans’ story. They knew he was a spy. “We’ll let you go, gringo,” said their leader in English. "As soon as we get to the bottom of the flooded mine shaft!"

Hans struggled desperately against the ropes as the men placed him inside a rusty elevator. They sent him plunging 1,000 feet down into the flooded tunnels below.

As water rapidly filled the elevator, Hans managed to loosen his hand ties. He quickly opened the emergency hatch just before the lift fully submerged.

Swimming upwards, Hans located an air pocket where he could breathe. There was an old maintenance ladder leading up to the surface. He hurried to climb it before the gang returned.

Soaking wet, Hans emerged from the mine shaft. He stole a motorcycle parked outside and sped down the jungle trail before the guards noticed.

When he arrived in Lima two days later, Hans went straight to the embassy. They congratulated him on surviving and getting photos of the illegal mining operation. Thanks to Hans, the gang would finally be brought to justice!

22. Art

From the time she could hold a crayon, Ann loved to draw. As a little girl, she would spend hours on the floor making fancy pictures with her box of 96 colors. Her bedroom walls were completely covered top to bottom with her drawings - sunsets, animals, family photos, objects on a table - Ann drew them all.

In art class at school, Ann was very good. She learned things like shading and perspective that made her pictures better. Her paintings were always shown off at the school art shows. "You have a real gift!" her teachers would say. But even though Ann liked the praise, she just loved the peaceful, purposeful feeling art gave her.

When it was time to stop colouring in class, Ann doodled in her notebooks, earning more than a few scoldings from her teachers. She started carrying a sketchpad in her backpack, pulling it out to draw anything that caught her artist's eye - a pretty tree in the schoolyard, a rainbow after the rain, her best friend carefully drawn with crisp lines.

In middle school, Ann signed up for every art class possible - sculpting, printmaking, taking photos, and more. But painting with acrylics was her favorite. Ann spent hours mixing just the right colors to match the pictures in her mind. School art projects still left her feeling restless. She longed to follow her inspiration, not just prompts and assignments.

At home, Ann started using oils, liking how rich they looked on canvas. Her parents changed the extra bedroom into a little art studio just for her. Soon, many paintings filled the small room - landscapes with dramatic skies, lovely flowers and fruit, imaginative portraits, and real people too.

Whenever Ann painted, she lost all sense of time and self. It was a calming escape where inspiration flowed through her. Worries faded away as she carefully created each brushstroke. She tried new things - thick paint, simple palettes with one bright color, textures instead of actual pictures. Her collection grew bigger, but Ann was always trying to improve her art.

In high school, Ann decided she wanted to seriously pursue art after graduation. Her parents gently tried to nudge her toward more traditional careers. But she insisted art was far more than a hobby to her. It was part of who she was, a need to create that had to be expressed.

After putting together a portfolio of her best work, Ann was accepted to her top choice art college. Surrounded by like-minded people, she learned so much about composition, perspective, managing creativity. During junior year, Ann spent a semester abroad in Italy where she painted beautiful pictures outside en plein air and saw great art in Rome, Florence and Venice.

Back at school for senior year, Ann took on leadership roles in art groups while preparing for her biggest milestone - her own senior art show. She spent months stretching canvas, priming surfaces, gathering materials. Her new work explored life, death and rebirth. Vivid colors mixed with shadows. Layers of texture showed time passing. On opening night, Ann looked proudly at how her soul was reflected in the gallery. Some pieces even sold to buyers who wanted her original art.

After school, Ann backpacked around Europe, filling sketchbooks and taking photos. She lived simply by selling her art back home. Galleries sought to showcase her newest collections.

When Ann came home, she turned the garage into a light-filled studio. Canvases crowded every corner. Mornings she painted outside at nature spots. Afternoons were for bigger pieces in the studio. Evenings often brought art shows and gallery events.

As Ann's fame grew, her work was shown across the country. Her art explored universal themes in bold new ways - color, brushwork, dark and light mixing, soft and hard edges. Success brought some money but Ann stayed devoted to the process above all. Fame could not compare to how art made her feel - joyful, peaceful, purposeful.

Now in her 30s, Ann keeps a busy schedule of shows and commissions. She lives simply, spending money on materials and travel. Her spacious loft provides room for her many works filling the walls. Ann's creations have been sold at famous auction houses and acquired by museums. Yet she still feels like that little girl with her box of Crayola discovering art for the first time.

Art chose Ann long ago and fills her world with meaning. From sketchpads, to canvas, to giant murals, her purpose is to create. She can't imagine a future without a paintbrush. Each day offers endless blank canvases to fill using her imagination. Wherever inspiration calls, Ann will follow - her true passion guiding the way.

23. My first job

I was thrilled to finally graduate from university with my degree in marketing. I had worked very hard in my classes learning about advertising, social media, branding, and more. Though I loved school, I was ready to start applying what I learned to a real job.

Right away, I was hired at a small marketing agency in my city. On the first day, I put on my best professional outfit and headed to the office. My boss Ms. Rossi showed me around and introduced me to the friendly team. They sat at desks in an open bullpen area with lots of natural light. I was shown to my very own desk with a computer and phone. I happily put down a photo of my family and a plant I could water.

Ms. Rossi brought me to a conference room for orientation. She explained about the different clients they worked with and the types of projects I would help on. "We'll start you out slowly with some administrative tasks," Ms. Rossi said. "But soon you'll work directly with our clients to shape their marketing plans." I smiled, eager to learn and contribute.

Over the next few weeks, I did administrative work like answering phones, organizing files, and scheduling meetings. In team sessions, I learned about current projects the agency was working on for various clients. I impressed the team with my innovative ideas during brainstorms.

After a month, Ms. Rossi felt I was ready for more responsibility. A national food company had hired the agency to promote their new line of frozen healthy meals. Ms. Rossi asked me to create a proposal for a social media campaign targeting young professionals too busy to cook.

My mind spun with creative concepts. I developed a detailed plan for sponsoring recipe videos by popular YouTube chefs to showcase the frozen meals. I also proposed paid ads on Facebook and Instagram, emphasizing the meals' nutrition and convenience for busy lifestyles. I included catchy sample posts, eye-catching visuals, and cost estimates in my thorough proposal document.

The client loved my imaginative social media strategy. They approved funding to bring the campaign to life. Over the next months, I helped manage every part of the campaign. I contacted YouTube influencers and negotiated sponsorship deals. When production on the recipe videos started, I selected mouthwatering meal options for the chefs to feature.

Meanwhile, I worked closely with the in-house graphic designer to create colorful ads and social posts to roll out. I set up a content calendar to keep everything on schedule across the different platforms. When the campaign launched, I tracked results closely using analytics to see what content performed best. The cheeky recipe videos generated a lot of positive buzz. Paid ads reached thousands of targeted users and sales of the frozen meals spiked upwards. The campaign was a big success!

Everyone at the agency was impressed by how I took initiative on my first major project. At the end of the campaign, I presented results at a big client meeting, highlighting increased brand awareness and sales. The executives were very pleased and thanked the agency team for our stellar work, especially me.

Ms. Rossi could not have been more proud of my efforts. At my first annual review, she gave me a glowing evaluation. She complimented my creative ideas, technical skills, and collaboration with the team. I was being promoted and would now manage my own client projects moving forward.

I beamed with pride. Just months before I had been a nervous new graduate. Now I was a rising star at the agency, using my education to deliver real results for clients. I loved the fast-paced agency world and thrill of bringing campaigns to life. I felt confident that a bright future lay ahead. I couldn't wait to see where my marketing career would take me next!

24. How I met my husband

It was a sunny Saturday morning when my best friend Kiara called me. "There's a big outdoor market today downtown. Want to check it out together?" she asked. I said yes right away. I loved looking at all the booths selling art, clothes, flowers, and more.

Kiara picked me up and we drove to the huge market. As soon as we got there, I was amazed by all the colors, smells, and sounds. We walked up and down the aisles looking at the different booths. There were beautiful paintings, handmade jewelry, fresh baked goods, and delicious sauces to try.

We had so much fun tasting free samples and talking to the friendly sellers. After a while, my feet started to hurt from all the walking. “Let’s take a quick break,” I said to Kiara. We bought cold lemonades and sat down on a bench in the shade.

That’s when I first noticed him. Across from our bench was a booth selling carved wooden bowls, vases, and cooking spoons. A young man was expertly carving a piece of wood with his tools. I couldn’t take my eyes off his strong, graceful hands as he worked.

Kiara saw me staring and teased, “See something you like over there?” I laughed and blushed. The man looked up and met my stare. He had warm brown eyes and a kind smile. I felt awkward and immediately looked away.

But when we walked by his booth later, I glanced over again. This time he looked up and said hello. “Your work is so beautiful,” I commented, admiring the bowls. “Thank you! I carve all these by hand from wood found near my home,” he replied. He introduced himself as Markus. We chatted briefly about the market before Kiara pulled me along.

“You should go back and get his number!” Kiara urged me. I wanted to, but felt nervous. After walking around a bit more, I worked up the courage. I told Kiara I would meet her at the car and headed back to Markus’s booth.

Luckily he was still there, packing up his wares. “Hi again,” I said with a shy smile. "I was just wondering if you maybe wanted to get some coffee together sometime?" He looked surprised but happily agreed. We exchanged numbers and promised to text soon. Butterflies fluttered in my stomach as I walked away grinning from ear to ear.

Over the next few weeks, Markus and I texted every day and went on several fun dates - coffee shops, museums, hiking, and just talking over meals. I loved how kind, creative and easy-going he was. We could chat for hours and never run out of things to say.

Slowly we fell in love. A year after we met at the market, Markus took me back there during an outdoor concert. In front of his wooden bowl booth, he got down on one knee. "I've never felt so happy in my life" he said. "Will you marry me?" I joyfully said yes through happy tears.

Now we've been happily married for five wonderful years. I can never pass a farmers market or craft fair without remembering that fateful sunny day I first saw the love of my life. Whenever I see Markus carving creations in his workshop, I still feel butterflies just like the first time our eyes met across the market. I am so grateful for the magical way we found each other.

25. The courage

Every morning at 8:15am, I would hurry to catch the same train for my commute to work. I'd squeeze into the crowded car and hold tight to a pole as the train jerked forward. At the third stop, she would get on.

I started noticing her a few weeks ago. She stood out from the usual suited business people with her colorful dresses and sparkly earrings. She would gracefully slip into the one open seat and pull a thick book from her bag.

Sometimes I caught myself staring as her fingers turned the pages. A few strands of curly brown hair would fall across her face and she'd carefully tuck them back behind her ear. Each day I thought about saying hello, but shyness held me back.

One morning, fortune struck! A man got off at the stop just before hers, leaving an open seat. My heart raced with excitement. Today could be the day - if only I was brave enough.

She stepped onto the train looking lovely as ever. I awkwardly cleared my throat and said, "Excuse me, would you like this seat?" She looked surprised, then smiled beautifully and thanked me as she sat down. I felt my cheeks grow hot.

I stood clutching the pole nervously, trying to think of something interesting to say. At the next stop, the train jolted and I stumbled forward. Quickly she reached out to steady me with her hand. "Gotta watch out for those stops," she said with a laugh that sounded musical.

Her hand left a warm, tingling feeling on my arm. Gathering my courage I said, "I'm Will, by the way. I think we take this train together most mornings." She tilted her head thoughtfully then replied, "That's right, I do see you here often. I'm Samantha. It's very nice to officially meet you."

From that day on, we started chatting each morning on the train. I was looking forward to our conversations more than anything else. I learned that Samantha was a librarian and loved reading and poetry. She was curious and kind with a lively sense of humor. The more we talked, the more captivated I became.

One cold, rainy day, I got to the stop just as the train was pulling up. I sprinted and just squeezed through the doors. To my delight, Samantha was in her usual seat, book open, scanning the pages.

"Good morning!" she said brightly, looking up from her page. I smiled and greeted her. As I sat down next to her, I suddenly realized we were alone in this train car. Just the two of us.

We chatted about the dreary weather and laughed over observations about quirky commuters we often saw. Being so close to Samantha made me feel warm and almost dizzy. This was my chance to tell her how I felt.

The train came to the next stop. Should I wait and plan more? But something pushed me to finally say what was on my heart. "Samantha, I just wanted to let you know that I...I really enjoy talking with you. You're the brightest part of my mornings."

Her eyes widened in surprise and she was quiet for a moment. Had I made a mistake by speaking so directly? "Oh Will," she finally said softly. "I enjoy our talks too. More than you know." She gently put her hand over mine. "In fact, I was hoping you might want to see each other outside of the train sometime. Maybe dinner this weekend?"

My heart leapt! “I’d love that,” I managed to reply. We sat grinning foolishly, hand in hand, as the train carried us through the grey morning. I was amazed at my courage and Samantha’s warm response. What adventures might our future hold now that we had found each other? This ordinary morning commute had become the most extraordinary moment of my life.

26. From Debate Partners to Soulmates

Colline was a novelist who lived in the countryside outside of Bayonne in southern France. She loved the peaceful beauty of the green rolling hills and vineyards surrounding her stone cottage. Colline spent her days writing dark mystery novels and tending to her flower garden.

Her childhood friend Claude taught literature at the local high school in Bayonne. He lived in a cozy apartment in town. Claude's heart was filled with romance and poetry. He often rode his bike to Colline's cottage so they could debate love and relationships.

Claude admired Colline's intelligence and independence. But he dreamt of sharing his life with a loving partner. Colline valued companionship, yet believed love only existed in books and dreams.

One sunny day, Claude cycled out to see Colline. They sipped wine in her blooming garden. A familiar debate arose about love.

"You're too cautious," Claude said. "Mr. Right could be waiting for you in Bayonne!"

Colline chuckled. "Romance is a fantasy. I think sensible things like shared values matter more."

Claude sighed. "What about passion, intimacy, adventure?"

"Fiction!" Colline responded. "A good relationship needs mutual respect."

Their lively exchange continued until Claude cried, "Why don't you open your heart? Get married and you'll see love is real!"

Colline grinned and said, "Alright, I'll do it if you put your ideals to the test!"

In their lighthearted moment, Colline and Claude made a pact. If both were unmarried by 40, they would wed to prove their points. Colline saw it ending in dissatisfaction while Claude envisioned lifelong devotion.

The years passed quickly. Colline wrote novels and tended her roses. Claude taught eager youth and rhymed verse. Neither had found lasting love when their 40th birthdays approached.

A month before the deadline, Claude called Colline with excitement. "It's time for us to marry, my dear friend!" Colline had hoped Claude would forget, but she stayed true to her word.

Colline had to admit her fondness for dreamy Claude. His romantic view of the world, once silly to her, now seemed full of wonder. She cared deeply for her kindhearted friend.

The pair married at the town hall with spring flowers in bloom. Claude beamed with joy as he kissed his bride. Colline gave a wry, affectionate smile.

To Colline's surprise, married life proved pleasant. Claude prepared lovely meals, gave massages, and left love notes. Colline found thoughtful ways to reciprocate like washing his car and bringing home treats.

Claude delighted in long conversations, reading poetry, and strolling in nature together. Colline gained appreciation for Claude's wisdom and idealism underneath his whimsy. Her once cynical ideas about relationships began to soften.

Their first real argument left Colline in tears. She had always ended partnerships to avoid conflict. But Claude was patient and they made amends with open hearts.

In their first year as husband and wife, Colline came to trust Claude deeply. His romantic view of their relationship gave her hope instead of seeming frivolous. She started to believe in love.

On their anniversary, Colline awoke to Claude cooking crepes and fresh flowers everywhere. Colline shyly gave him small, meaningful gifts - his favorite chocolates and a book of love poems.

That evening they danced slowly in the candlelit cottage. "This became a wonderful marriage," Colline admitted softly. Claude just smiled, holding his wife close.

27. A laundromat

It was a slow Tuesday night when she came in. I was sitting at the counter at the laundromat, reading a magazine. The only other customers were a college girl on her laptop and an old man sleeping in a chair.

The door chimed as she rushed in, head down, holding a duffel bag. She wore big sunglasses, a hat pulled low, and kept her face away from the security camera. Strange for doing laundry, I thought.

She went straight to the washing machine in the corner and quickly put in her clothes. I saw some of the clothes as she stuffed them in - a hoodie, t-shirts, jeans. All of it looked dirty and stained.

As she looked for coins in her bag, some things fell out - a flashlight, rubber gloves, and a crumpled receipt. Odd things to carry around. She grabbed them fast when she saw me look over.

Once her washing machine started, she paced or sat hunched over, checking her clothes closely as they tumbled. She seemed very nervous for someone just waiting on laundry. I wondered what secrets those clothes held.

When the washing finished, she rushed to put the wet clothes into a dryer, still facing away from the camera. As I walked by collecting used soap bottles, she turned more towards the wall.

"Everything alright here?" I asked in a friendly way.

"Yup, all good," she muttered, not meeting my eyes. Her answer was friendly but her body said leave me alone.

I went back to the counter where I could quietly watch her in the security mirror. She hadn't noticed it when she picked that spot. Once the clothes were in the dryer, she took a small notebook from her bag. Flipping through it, she studied one page closely.

What was she seeking in those clothes? Some kind of clue left behind maybe? My imagination was running wild, but I was sure something odd was happening.

When the dryer buzzed, she quickly shoved the clothes into her bag, added dryer sheets to mask smells, and went for the door.

As she passed the counter, I glimpsed her face under the sunglasses. There was a distinctive round birthmark under her left eye. I had an idea.

"Have a nice evening," I said with a smile. She kept her head down, mumbling a reply before hurrying into the night.

After locking up, I went straight home to my computer. A friend of mine had a friend who was a police officer. I emailed describing the suspicious customer and everything I'd noticed, including the birthmark. If she had done some crime, hopefully he could identify her.

The next evening I was shocked when she appeared again! Same hat and glasses, same duffel. She went right to the same washing machine in the corner.

I tried to act normal as I tidied near her. When she poured in her clothes, I saw many splattered with dark stains - jeans, hoodies, jackets. She was washing hard, checking pockets and cuffs for any traces left behind.

On my break, I sneaked to the office and texted my cop friend. Was there any news on the birthmark woman? I was sure she had evidence on her clothes. He said he would visit the laundromat soon.

Just before closing, the door chimed as someone entered. The woman's head jerked up. But it wasn't a customer, it was my friend the cop walking straight to her!

She bolted for the back exit but he blocked her path. Pulling off her hat and glasses, he studied her face closely. "Ah yes, the birthmark," he muttered. Her eyes went wide with fear.

Arresting her, he explained a nearby burglary had happened matching my descriptions. The burglar was known to have a unique facial birthmark. I had been right!

As they led her away, she glared angrily, realizing I had cracked the case through the secrets in her laundry. For once, my boring job had become a real mystery adventure!

28. The Surprise in Buenos Aires

It was a warm spring day in Buenos Aires in 1948. The sun was shining as Isaac walked through the busy city streets. Isaac had moved to Argentina three years before to start a new life. He was one of the many Jewish people who had escaped from Europe after the war. The horrible memories of the concentration camps still haunted him.

Isaac was originally from a small town in Poland. When he was 15 years old, the Nazis invaded and tore apart his family. He spent years being forced to work in brutal conditions. After he was freed, Isaac was all alone. He decided to travel far away to Argentina to try and heal.

The new city was strange but exciting to Isaac. He was slowly making a home for himself. He now had a little flat and a job at a cafe. Isaac was learning Spanish, making friends, and trying to find peace.

On this sunny day, Isaac was walking to his favorite bakery. He needed to buy bread before heading to work. The narrow sidewalks were crammed with busy people rushing around. Isaac tried weaving around slow moving couples and groups chatting on the sidewalk.

Suddenly, Isaac stopped dead in his tracks. He saw a tall man with neat gray hair walking into a nearby building up ahead. The profile was unmistakable. Isaac felt like he had been punched in the gut. It was Doctor Klein - the Nazi doctor from the concentration camp.

Klein had conducted painful experiments on many prisoners. Isaac remembered Klein well. He was there during Isaac's worst moments in that horrible place. Isaac had heard Klein escaped to South America after the war. But to see him here, walking free, made Isaac sick.

At that moment, the pain and anger Isaac had tried to forget came flooding back. He wanted justice. He decided to follow Klein and collect information. If he could prove the man's identity, Klein would finally face punishment for his crimes.

Isaac trailed far behind as Klein walked further down the block. He slipped into a pharmacy on a quiet side street. Through the windows, Isaac watched the man carefully. He seemed to be well-dressed and respected here. Isaac felt rage boiling up inside.

Over the next few weeks, Isaac returned to observe the building. He learned Klein ran his own medical practice. He made a good living treating patients while hiding his evil past. Isaac knew he had to stop this injustice.

One day, Isaac followed Klein home to a nice house in the suburbs. He began forming a plan to expose the truth about this criminal. But Isaac worried the police would not believe just his word against a well-known local doctor. He needed proof of Klein's crimes.

Later, Isaac broke into Klein's house while the doctor was out. Frantically digging through drawers, he found old photos and Nazi medals. This was the evidence he needed. But just as Isaac was about to leave, he heard the front door open.

Isaac quickly hid in the closet as Klein entered the room. Peering through the closet door, he watched the doctor open a hidden safe. Inside were passports, SS records, and victim identification numbers. Isaac's hands shook with rage.

Waiting for Klein to leave again, Isaac grabbed the contents of the safe. He delivered the evidence to the local newspaper and police. Soon the shocking truth about the Nazi doctor was public. Klein was arrested and would finally face justice.

Isaac had fulfilled his vow. The evil man who caused so much suffering would pay for his crimes. Although it could not bring back what was lost, Isaac finally had closure. He had survived hell and lived to see justice done. For the first time in years, Isaac felt true peace.

29. Hunted

Twenty years ago, a bank heist in Amsterdam went terribly wrong. Five people died during the robbery attempt. Only one man survived that frightening day - Erik Smit.

The group had planned to steal millions from the bank's vault. But the police arrived sooner than expected, surrounding the bank and trapping the thieves inside. In a panic, shots were fired. Several hostages, two robbers, and a police officer were killed in the chaos.

Erik managed to escape unharmed before the building was swarmed with police. The authorities could never identify or find the surviving robber. Erik slipped away undetected and disappeared from Amsterdam overnight.

He moved to Hamburg, Germany to hide from his criminal past. He changed his name to Klaus and worked hard to live an honest, quiet life in the port city. For many years, he thought the tragic heist was forgotten.

But Klaus' peaceful existence was shattered one rainy night. Walking home from work, he noticed a car following him. As he hurried down the empty cobblestone streets, the headlights tracked his every turn.

Klaus quickened his pace. The car sped up too. His heart pounded as adrenaline surged through his body. Someone knew his secret identity and they wanted revenge.

Just as the car pulled up beside him, Klaus ran down an alleyway. The vehicle couldn't follow but screeched to a halt on the street. A menacing figure jumped out and shouted "Erik Smit!"

Terrified, Klaus fled into the shadows. He ran through winding backstreets until finally stopping to catch his breath. Who was chasing him and why now after all this time?

For weeks, Klaus lived in fear. He barely ate or slept, anxious the menacing stranger would find him again. He realized whoever was tracking him down wouldn't stop.

One stormy day, a hooded man cornered Klaus in an empty parking garage. Before he could react, the man lifted a gun and fired. Klaus managed to escape with just a graze to his arm.

Shaken, Klaus knew he had to leave the country immediately. He packed a small bag and went to the train station. There he purchased a ticket to Austria and some food for the long journey.

As Klaus waited on the platform, baseball cap pulled low, he peered around nervously. He felt like hunted prey, constantly being watched from the shadows.

Finally, the train arrived. Just as Klaus went to step on board, a hand grabbed his shoulder. He spun around to see the hooded man from the parking garage, gun raised.

The train's horn blared. Klaus used the distraction to knock the weapon loose and deliver a hard punch to the man's face. As his assailant stumbled, Klaus jumped aboard the train and it sped away to safety.

Out of breath, Klaus collapsed into his train seat. He had narrowly escaped the hooded man but knew he was still being hunted. As the train rolled onward to Austria, Klaus tried to calm his nerves.

Peering out the window at the passing countryside, Klaus considered his options. He could keep running forever, looking over his shoulder in fear. Or he could finally stop this shadow from his past for good.

Determined, Klaus decided to set a trap for his assailant. He would lure the hooded man to Austria and let the local police arrest him. After 20 years of being hunted, it was time to stop hiding.

When Klaus arrived in Vienna, he rented a small flat using cash. He knew the hooded man would easily track him to Austria but not know his exact location yet. Klaus reported strange threats to the Vienna police and they agreed to help.

A few days later, Klaus ventured out of his flat. Glancing around cautiously, he headed to a crowded square full of tourists and music. Klaus sat on a bench and waited, knowing he was being watched.

Eventually he saw the familiar hooded figure lurking nearby. When the man started approaching, Klaus walked quickly towards a narrow alley. He went behind the corner and waited for them.

Moments later, the hooded figure appeared in the shadows. As he lunged towards Klaus, Austrian police swarmed the alley and restrained the attacker. The man yelled and struggled but was firmly apprehended.

At the police station, the assailant was interrogated while Klaus observed from another room. When offered a deal for confession, the man finally admitted everything.

He was Tom Klein, the son of the bank guard killed 20 years ago during the bungled Amsterdam heist. Tom had beenconsumed with getting revenge against the robber who got away. Using old files and records, he finally identified Klaus.

For months Tom had tracked Klaus' movements, waiting for a chance to complete his vengeful mission. Now in police custody, Tom surrendered all anger and agreed to leave Klaus in peace. The long ordeal was finally over.

With the shadow from his past lifted, Klaus was ready for a fresh start. The Vienna police kept his identity secret, allowing Erik Smit to remain forgotten. Klaus decided to stay in Austria's beautiful capital city.

He found a job at a bookshop and rented a small flat near the Danube River. Klaus appreciated his simple, tranquil life more than ever before. Long walks exploring Vienna helped clear his troubled mind.

At a nearby café, Klaus regularly met a kind older woman named Greta. Over coffee and strudel, a close friendship blossomed. Greta didn't pry about Klaus' past, accepting him as he was now.

When Greta introduced Klaus to her niece Mari, an artist, he felt a long-dormant hope awakening. Mari's laughter and bright spirit attracted him immediately. She saw him as her aunt did - a gentle, quietly wise man.

Klaus realized he had been given the chance to leave his painful history behind for good. Surrounded by beauty and compassion in

Vienna, the tragic memories from Amsterdam finally began to fade. A peaceful future lay ahead if he dared embrace it.

30. Mystery Train

Paulie opened his eyes slowly. He was sitting on a train, but he didn't remember getting on. Trying to clear his mind, he rubbed his head. How did he end up here?

Looking out the window, all he could see was darkness. The train was moving fast through a wild area at night. He tried to see houses, roads, or signs, but there was only darkness.

Paulie stood up and walked down the aisle. He was alone in his train part. He looked into the next part, and it was empty too. He searched everywhere, but found no other passengers or train workers.

Worried, Paulie went back to his seat. Where was this strange train taking him in the middle of the night? Just then, he heard a soft sound. A woman was waking up in the seat behind him.

Paulie turned to see a woman waking up. She looked around, confused. When she saw Paulie, she moved back.

"Who are you?" she asked. "Where am I?"

Paulie put his hands up to show he meant no harm. "My name is Paulie. I am just as lost as you. I just woke up in here just a little while ago.

The woman relaxed a bit but still seemed unsure. "I'm Chloe. The last thing I remember is falling asleep on my couch. What's happening?"

Paulie shook his head. "I'm not sure. Can you remember how you got on this train?"

Chloe tried to remember, but finally sighed. "No, the last thing I know is falling asleep at home in Ontario."

"I'm from Toronto," Paulie said, surprised. "The train is going fast. We must be far from home."

Chloe shivered. "This is crazy. We're completely alone and we don't know where we're going. No workers, no other passengers..."

They looked out at the darkness in silence. The night outside was pitch black. There were no lights or anything to see.

The train went on into the night. Paulie and Chloe looked everywhere but found no clues. With nothing else to do, they talked to pass the time.

Chloe was a musician on her way to a concert when she somehow ended up here. Paulie was a computer worker heading home after drinks with friends. They both feared they had been taken against their will.

Time passed, and the train continued without stopping. Paulie and Chloe took turns resting during the never-ending journey. Both were feeling hungry and thirsty.

Eventually, they saw the first light of the sunrise. As it got brighter, they saw a big red desert. Strange rock shapes were sticking out of the ground.

"Those look familiar," Paulie said, looking out. "I think we might be near Tucson or Albuquerque."

Then, the train started to slow down. A small town came into view ahead. The sign said 'Chloride, Arizona'. The mysterious train was stopping.

When it came to a stop, Paulie and Chloe got off. Chloride looked empty. After looking around with no luck, they went into the old train office for safety.

"That was a strange train," Chloe said in amazement. "It traveled all night through the wild and brought us to this empty town."

Sudden shouts outside scared them. Strange men with guns were coming toward the office, shouting “Don't move!” Paulie and Chloe both raised their hands, frightened and very confused.

Who were these men with guns? Had they planned this strange overnight train trip? And why did they bring Paulie and Chloe to the mysterious town of Chloride?

Paulie and Chloe stood still as the armed men came into the train office. Some scared people were being held there too.

"What is this place? Why did you bring us here?" Paulie asked bravely.

One gunman looked at them angrily. "No more questions. You two will join the others." He pushed them toward the group of scared people nearby.

Chloe counted fifteen others who all looked dazed and tired. They seemed to be from all walks of life - an older Asian couple, a mom with two young kids, a college-aged girl. All of them had apparently arrived on the mystery train too.

The gunmen made the group walk down the street to a changed hotel. Despite their fear, Paulie and Chloe were happy to have water and food. They learned the others were all taken from cities across North America to grow this strange town.

Chloride seemed to be a closely controlled group of believers. Everyone's moves were watched by the armed men. At night, the prisoners were locked into small rooms inside the former hotel.

During the day, they were made to work outside, under the hot sun. All with guns pointing at them. Escaping seemed impossible.

Paulie and Chloe soon realized the people of Chloride were living off the grid, by farming and hunting. But they needed more people to expand the town, so they organized the kidnappings.

At night, the prisoners whispered ideas about what this strange group wanted and why they had been brought there. But no answers came from their silent guards.

Then, Chloe got sick. She was taken to the house of a kind German woman named Ingrid who had medical supplies. Ingrid helped Chloe, who was surprised by her kindness.

In a rough voice, Ingrid finally told them the truth - Chloride's people were the last members of a group that thought the end of the world was near. They kidnapped new people to carry on their group before the 'end times'.

Chloe hurried back to tell Paulie this news. Now knowing the group's plans, Paulie made a risky plan. They would escape Chloride and free the other prisoners.

That night, Paulie whispered his plan to the other prisoners. He had watched the guards' routines and thought they could escape if they worked together.

First, they needed to get their things back from a locked room in the basement of the hotel. Chloe remembered where it was.

The older Asian man, Mr. Chang, offered to make a distraction. The next day, when the gunmen came for work orders, Mr. Chang suddenly grabbed his chest and fell, pretending to have a heart attack.

As the guards ran to help, Paulie and Chloe went unseen into the hotel basement. They found their phones and other things quickly.

Sending an SOS message to the police, they joined the group outside. Most of them had their hands tied, keeping up the act. Chloe quietly told everyone to be ready to run.

Then, a police helicopter appeared, coming to Chloride. Paulie and Chloe smiled at each other - help was coming.

The men with guns shouted when they saw the helicopter. When it got close enough, Chloe yelled "Run!" and the prisoners ran in all directions.

The guards were too surprised to react fast. They chased after the running people, but soon realized it was no use. The helicopter landed, and police came.

After giving statements, Paulie, Chloe and the other freed kidnapping victims were flown back to their hometowns. It was finally over after the strange experience.

In the end, the cult members of Chloride were arrested for kidnapping thanks to Paulie's bravery and quick thinking. Chloe was glad to go back to her normal life, but she and Paulie now shared an unforgettable experience.

Printed in Great Britain
by Amazon

36596245R00066